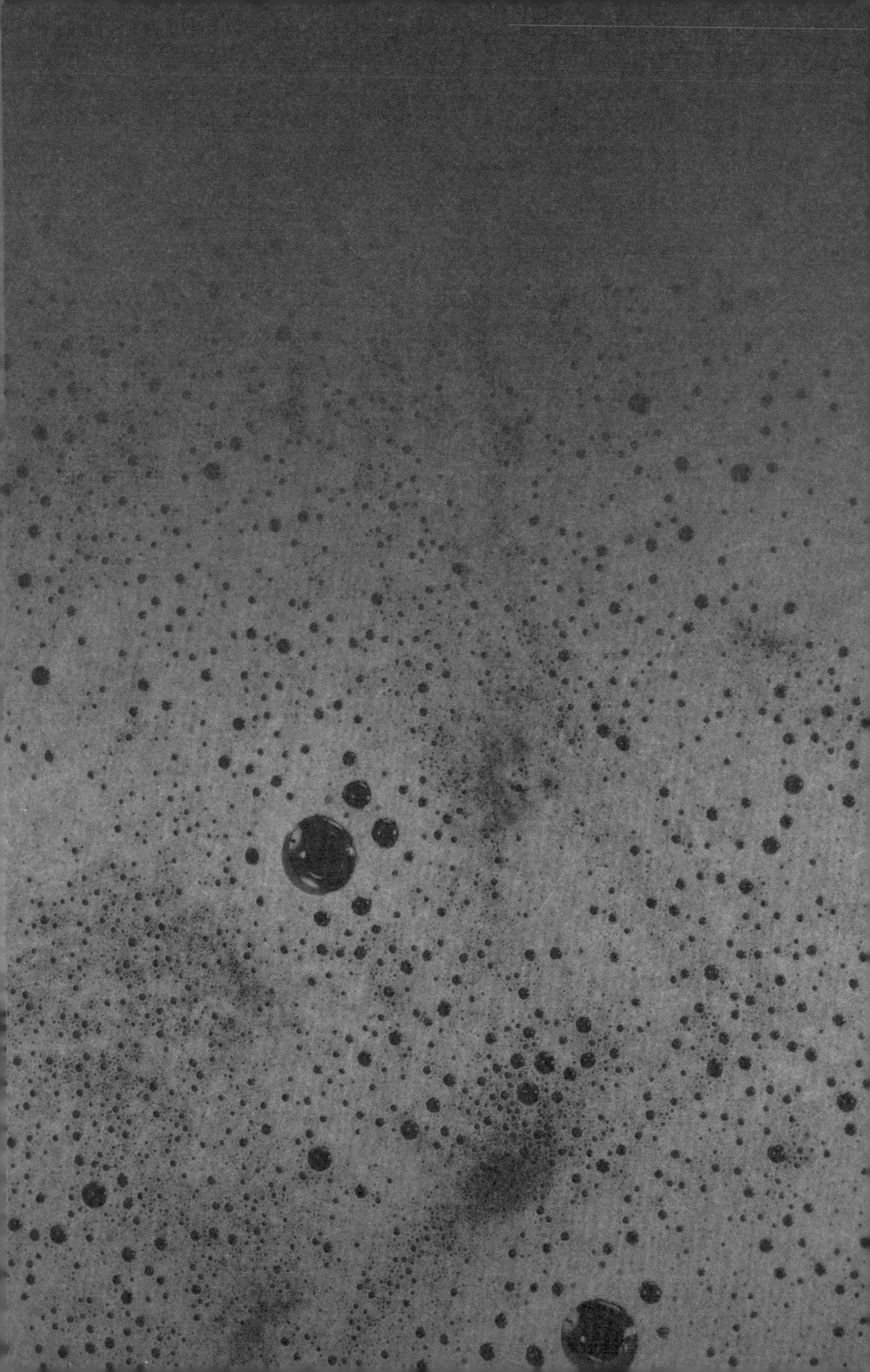

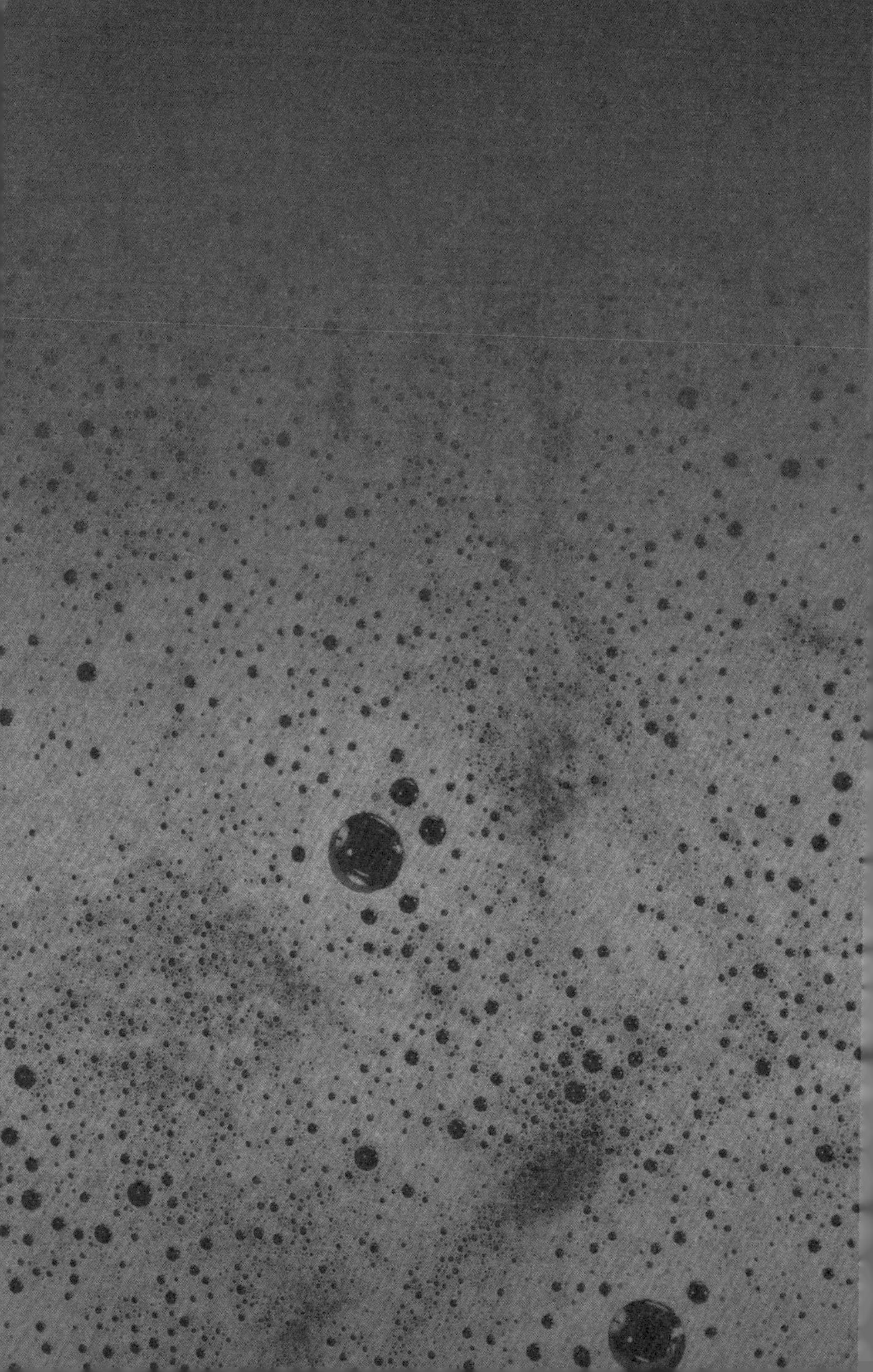

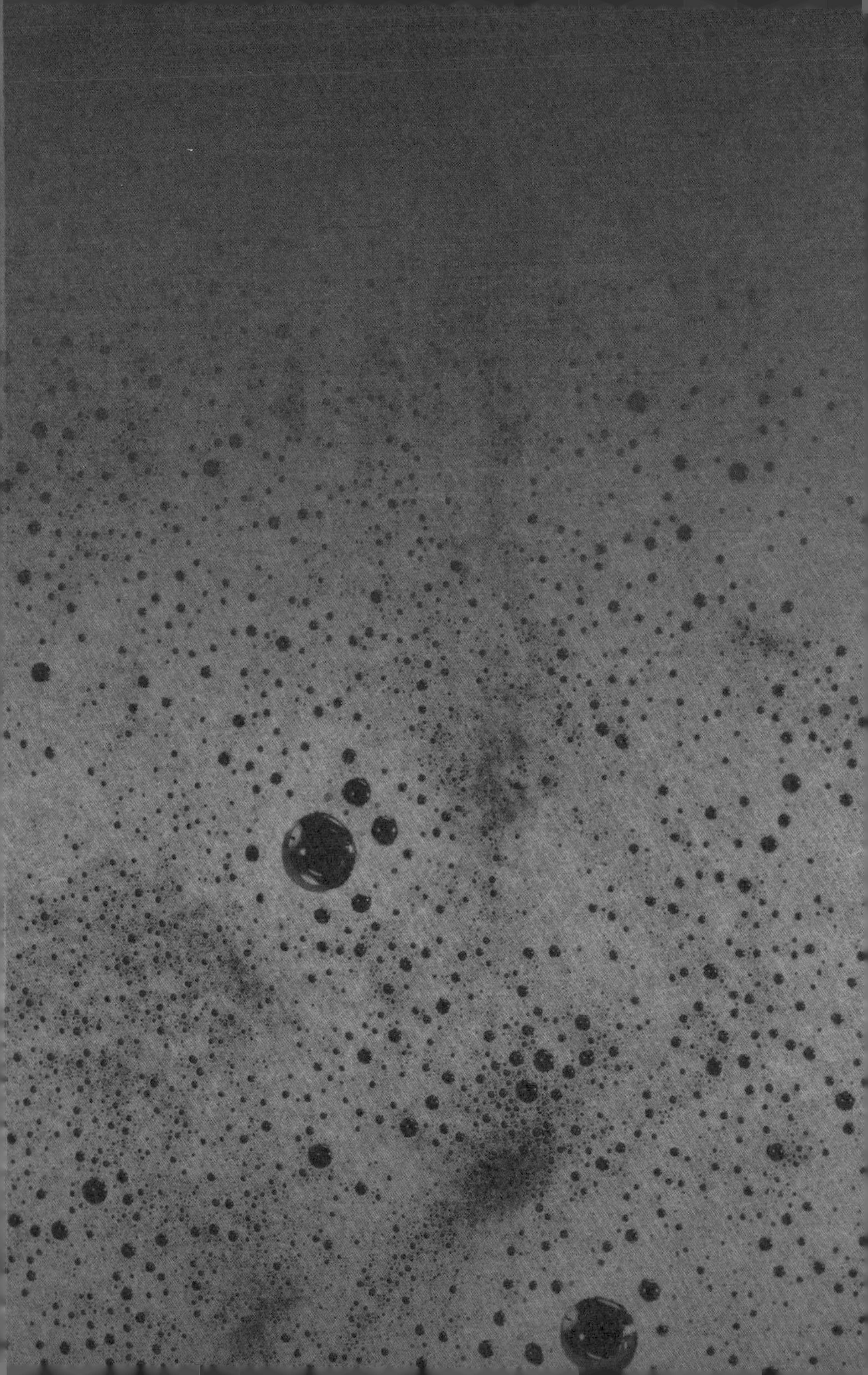

黑水

平路

THE
RIVER DARKENS

序
《黑水》：寫作與閱讀倫理的挑戰

邱貴芬

從一九八三年發表的〈玉米田之死〉到二〇一五年的《黑水》，平路三十餘年來的創作每每貼近台灣社會的脈動。她的小說有幾個特色：擅於利用現實世界的事件或是知名人物的相關媒體報導與文獻，以小說與歷史共構來編織情節、也因此平路的小說有種獨特的穿梭於虛構與眞實之間的趣味。這樣的創作方式當然詰問所謂「事實眞相」的概念。對應這樣的創作理念，寫作形式上也就往往採取「羅生門」式的多重聲音或是觀點的角力，以及偵探小說的敘述方式。

九〇年代之後，平路猶擅於透過女性內心幽微運轉的細膩描寫來關照性別議題，改寫「名女人故事」的創作，幾乎篇篇精彩，讓平路在台灣文學史上烙印了她獨特的足跡。《行道天涯》裡的宋慶齡、《百齡箋》的宋美齡、《何日君再來》的鄧麗君，一個個「傳說中的歷史女性人物」在平路筆下開展了她們各類媒體報導和歷史文獻之外的生命與傳奇。這回，平路的新作《黑水》還是以「名女人」爲主角，但是女主角不再是歷史傳奇裡光鮮亮麗的人物，而是在現實世界裡涉及命案，媒體報導裡的「蛇蠍女」。小說創作該如何「演繹」這樣的社會新聞事件呢？這個挑戰不小。

處理這個問題，回答涉及幾個層次。純就「文學創作」的層次來談，讀者必然注意到小說結構的安排，不單單依循一般小說敘述模式來「說故事」，值得注意的是，章節之間鑲嵌了以「眞實世界文獻」之姿持續出現的各種「引文」，一再打斷小說敘述者的鋪陳，兩者之間形成對於事件詮釋的張力。從開場涉入命案的咖啡店logo「好咖啡，好生活」，到命案現場鑑識人員、媒體報導、社區鄰居、本案檢察官、監獄教誨師、被害人家屬或親友、審判程序筆錄、被告律師的說詞、「民間司改會」成員，甚至網友評論、讀書會成員、文學院學生、傳播學院教授、「小說作者」，以及小說家引用的世界文學作者之言，眾多聲音架構出「議論紛紛」的「公共論述」場域。而就在這片喧譁當中，小說的主要敘述部分深入角色內心，徐徐展開，作者避開煽情寫法，以收斂的文字來展開這個駭人聽聞的雙屍命案，卻也強力介入這些紛紛議論所交織的論述。

我特別挑出這些「議論紛紛」中的兩個聲音，一則來自「傳播學院教授」的評論，一則來自所謂「『推理小說俱樂部』成員」的看法：

> 案情中有慾望、金錢、死亡等羶色腥內容，媒體不願意往下挖，八卦媒體也沒做相關的深度報導。對所謂「蛇蠍女」，社會似乎有原始的戒懼。觀察這一陣的媒體表現，我會以爲，我們台灣人禁慾到近乎清教徒。
>
> 傳播學院教授

> 人們以爲所謂的早有預謀，意味著每一處環節都細細推估，計畫百分百完美。只可惜，嫌犯不是推理小說的讀者。

推理小說不夠普及，讀者只有一小撮，社會對類型文學欠缺應有的重視，這是本案最發人深省的地方。

「推理小說俱樂部」成員

那麼，「蛇蠍女」的故事到底該如何來深度挖掘和敘述？而如果以「推理小說」來展現這個故事，又該如何寫？《黑水》以其獨特的敘述回應。書中兩位主角，一者爲謀殺案兇嫌，一者爲雙屍命案中被謀殺的妻子，都是女人，而且後者在現實事件中是被剝奪發聲權的亡魂。小說以這兩個女人的聲音交錯推展敘述。熟悉平路創作的讀者自然可在當中體會作家的獨到之處。這兩個女性角色的聲音互相交織，一步步透露錯綜複雜的人際關係中糾纏的渴望、貪念、疑慮與失望，如何導引至三個生命的絕境。

但是，我認爲這樣來展讀《黑水》是不夠的、不足的。這部小說提出的寫作挑戰，不僅在於敘述、技巧的，或是角色的刻劃，更開展了一個文學創作的重要課題：「寫作倫理」。「創作」以新聞事件，特別是「當下」轟動社會的謀殺案爲內容，小說家如何處理「創作倫理」的問題？關鍵在於現實世界裡謀殺案的眾多牽連者都仍在事件餘波蕩漾的生活狀態中，作家該如何寫，才能避免對他們的二度傷害？這與寫「過去」的傳奇人物，有所不同。但是，另一方面，作爲社會一分子的小說家，當然也有發聲的權力。如果如同敘述中夾帶的各式各樣社會文獻所顯示的，社會不同階層和職業的人從法官、律師、路人、觀光客、網民、文學院或是傳播學院教授、乃至讀書會成員，都得以他們各自的觀點和立場來介入這個現實事件，那麼，何以小說創作者必須自外於這個「公共論述」？

值得注意的是，相較於現實世界裡各種聲音對於事件的直接回應，「小說」之所以爲「小說」，在於對於所謂「現實」的演繹而非「對應」或是「報導」，小說家注入的「想像」是不可忽略的閱讀重點。《黑水》如何「演繹」「公共論述」中的「蛇蠍女」的角色？如果小說的「故事」只是更加鞏固媒體所塑造的「蛇蠍女」的印象，就無須採用「小說」這樣的文類。深入挖掘事件複雜面的「報導文學」的形式或許更適合。但是，相對的，如果創作偏離現實世界提供的線索太遠，化「蛇蠍女」為無心機的「受害者」，也可能產生催發現實事件效應的暴力。作家如何拿捏其中的尺寸？這是《黑水》最為可觀之處。小說家如何想像人物的內心世界？如何營造他們的聲音？如何與原本的現實事件保持若即若離的關係？如何進行事件現實與小說虛構的辯證？這些「寫作」的問題都值得讀者再三推敲與咀嚼。

如果這部小說創作的敘述以關鍵人物的內心世界鋪陳作為推展動力，凸顯「創作」所涉及的種種課題，小說中所夾帶的眞假難辨的「歷史社會文獻」則帶出「閱讀倫理」的課題。例如：讀者該如何看待上述推理小說俱樂部成員對於這個新聞事件的觀點？傳播學院教授的觀點？司法記者所提出的「蛇蠍女」的觀點？甚至河邊行人「滿興奮的，很特別。打算再來這裡過七夕，一定不一樣，很不一樣」，或是陸客團遊客「命案現場算是一個景點吧」的觀點？每個觀點、每個聲音都是一種「讀法」，暗示了一種閱讀這個聳動的社會新聞事件的特定位置和讀者心態。《黑水》如何回應這些觀點？敘述者的觀點和這些各式各樣觀點之間的關係又是什麼？這樣的關係所構成的

「倫理」課題，可以如何來探討？

最後，寫「序」的人又該如何寫「序」？爲這部提出這些困難課題的小說創作寫「序」，也有寫作和閱讀層次的倫理的挑戰嗎？

平路的《黑水》，大哉問。

（本文作者爲中興大學台灣文學與跨國文化研究所特聘教授）

目次

黑水

THE
RIVER DARKENS

新北市　淡水河畔　三月十五日　下午

河邊有點暖意了，她說。

她伸過手，覆蓋在男人滿布老人斑的手背上。這是那杯咖啡送過來前幾分鐘的事。

「記不記得那年，還沒有買房子，還沒有這條單車道，第一次到這裡。」她輕聲說。

還有挽回的餘地，還有繼續走下去的可能，當時她心裡想要講，卻終於沒有講出來。

剩下一線夕陽，水面餘光爲河景添上柔和的美感。

＊

佳珍遲疑了一下，端過去時手在抖，拿鐵濺出了兩三滴。

準備結帳的一位女客，正好推開椅子，起來上洗手間。走道上跟佳珍錯了錯身，到擺雜誌的架子前停住腳，背對著這張桌子的兩位客人。

早些時，店主人端過來兩隻高杯，注入店裡的自釀啤酒。

咖啡杯放在桌上，佳珍抬起頭望見壁上的鐘，五點二十二分。

I

那一天

許多個月之後，佳珍記得那一天。

早上，打了幾通訂貨的電話。

中午，佳珍站在水槽前，把沾著蛋糕屑的碟子洗乾淨。碟子收上碗架。佳珍拿起電話，按下號碼，打給店裡的熟客。她在電話中說，請兩位下午到店裡來，上次提起的，方哥家寶寶滿月，過來吃塊蛋糕，有方哥新開發的啤酒，還有圓環那家的油飯要給你們。四點後客人少，你們隨時過來。佳珍語氣洋溢著歡慶。

*

後來，佳珍記得什麼？

佳珍記得那條碎石子路，扶著神智模糊的洪太，朝向水邊的廢棄廠房一路走。

穿過草叢，經過小徑旁廢棄的船塢，肩上的重量增加。從扶著的姿勢變成馱著，她幾乎是馱著另一個身體向前移動。

四周很安靜，她聽見鞋底踩過水窪的聲音。

佳珍還記得什麼？

她記得這晚上的霧氣，冷汗在背上濕成一片。她記得血湧出來，流到地上，滲進泥巴裡。細雨中，竄出絲絲的腥味。

後來，雨停了。

踩著污泥，佳珍靠近水邊。左腳伸下去，再換右腳。鞋底的血跡在黑水中呈現出奇異的一圈濃稠。

＊

佳珍不記得太多細節。一代代集體記憶的遺痕，人心有各種巧妙的自保機制。

當年，人類的遠祖還是手持棍棒的獵人。遇到危險，野獸咧著白牙撲過來，獵人頭顱被吞進口裡那一秒，閘門降下來，腦袋裡有一道自動關閉的柵欄。瀕死的瞬間，不必感覺被白牙撕嚙的痛苦。

同屬演化的遺跡，人類遇到無法接受的景象，自動加以過濾，頭腦裡出現會轉彎的吸塵器。曾經發生了什麼？記憶歸零、畫面消失，丁點碎屑也不留下。吸塵器一路嗡嗡轉，踅入每個角落，把現場打掃乾淨。

*

佳珍記得第二天早晨。

有幾秒鐘，頭腦裡一閃而逝，一幅接一幅渙散的圖像。她記得虎口處湧出鮮血。手裡抓著尖銳的東西？是刀鋒麼？碎碎的閃光，萬花筒一樣，聚合出難以解釋的畫面。

前一瞬在夢裡，那是另一組不連貫的圖像。迷迷糊糊地，有人伸出手臂，她被扭攪進河岸邊的爛泥巴。她試圖睜開眼睛，吸吸鼻子，鼻腔還留著河水特有的氣味。

後來抱著枕頭，床板下傳來一陣陣寒意。天亮前，佳珍似睡非睡，床上哆哆嗦嗦地打冷顫。

再次睜開眼，陽光在窗簾隙縫間閃亮。按下鬧鐘，佳珍從床上坐了起來。

*

夢中，佳珍看見自己站在河中，水漫過她腳踝。

正是河水起漲的時間點。水漲上來，水筆仔頂端的莖葉露出水面，盤繞的樹根淹進潮水裡。

夢境停在一個定點。然後，夢又開始往前移動。

下個瞬間，佳珍正從店裡朝向租屋處疾走。黑暗中，她努力辨識那條變得陌生的小徑。天空又飄起細雨，濕衣服緊黏著她的背脊，薄霧裡飄著一股鮮血的鹹腥。

轉角處路燈壞了，她急著往前邁步。如果她回頭，有什麼會從河裡爬上來，後面跟著她。

沿著這條河，黑暗中有許多聲音。

＊

佳珍沒有預料到的是，日後許多個晚上，一次又一次在濕透的衣衫中醒過來。

躺在床板上，佳珍重新滑回那一夜。

夢裡，水漫過她胸前，佳珍知覺自己正被困在沙洲。四周都是污泥，深深淺淺的水窪冒著褐黃色的泡。

水窪裡伸出一隻胳臂，詭異的姿勢，誰在呼救？

一次在夢裡，河水漫過她下顎，鹹腥的水夾著泥沙，進入她鼻腔。佳珍努力想要呼吸，嘴巴鼓脹著，面頰邊冒著呼嚕嚕的氣泡。那瞬間，分不清自己是活著還是已經死了，河水灌進她喉嚨，很快塡滿她的肺。帶著夢境的恍惚，她聽見胸腔內發出嘶嘶的聲音。

*

暗影中，發生了什麼事？

佳珍記得，洪伯口裡連續呼出自己的小名：「小愛，小愛。」接著，洪伯喃喃說些什麼，似乎想要知道身在哪裡。老男人手舉起來，揮啊揮的，試圖抓住佳珍的臂膀，又無望地放下。

胸腔一起一伏，像水鳥拍動翅膀。

刀刺進去，洪伯的臉抽搐了一陣。之後數秒，洪伯的眼皮突然翻開，望著蹲在旁邊的佳珍，眼光中有某種不解，好像被一個始終沒想通的問題卡住。

佳珍察覺到黑暗中有某種聲音。是水邊的雁鴨？草叢裡的青蛙？或許是她自己的喘息聲。

佳珍離開時，躺臥在地上的兩具身體還有溫度。

*

後來，佳珍記得站在水龍頭前沖洗鞋子。手指伸進鞋底的紋路，摳出一坨坨暗褐色的爛泥。

回到住處，佳珍站進浴間，全身搓滿肥皂，用蓮蓬頭沖洗。左手再右手，刷乾淨指甲裡藏的灰垢。她刷洗的動作仔細而專注。

第二天，佳珍站在店裡有些恍惚。

三月天氣不穩定，騎車的人少。咖啡店的生意非常清淡。佳珍靠在洗碗槽前，肥皂水濺出來，潑到胸前衣服上，驟然一陣冰涼，佳珍記起前一天在河邊的更多細節。

＊

佳珍還記得什麼？

記得那時候是二月下旬，佳珍輪休，下午在家裡看日劇，晚上與憲明到那家去熟的店吃炭烤。一年來，每星期見一次，這是屬於兩人的輕鬆時光。憲明沒有酒量，叫來台啤，總是空肚子灌進去一杯。似乎藉這點酒意，才比較多創意，可以與佳珍一起計畫未來。

「一盞螺旋狀旋轉，黏著一圈圈貝殼的燈。」佳珍直覺地說出。

下午兩人窩在佳珍的租屋，從網站下載了一整季的日劇。坐在炭烤店裡，佳珍晃動啤酒杯，一邊爲女主角沒嫁給那個愛她的男人而悵惘著。劇情裡有一段，女主角與男人在夜風中互相依偎，背後是經常出現在偶像劇裡的摩天輪。爲什麼偶像劇總要有摩天輪？剛看完那個結尾，兩人興致很高，對著桌上的燒烤在討論。

「儀式行爲。」憲明說，一邊把秋刀魚放進嘴裡。「兩樣事情在我們意識裡銜接起來。摩天輪，代表幸福。」說著，把最後一塊茭白筍放進佳珍的碟子。

佳珍皺皺眉，她覺得憲明開口就要找出一番道理，好像隨時在寫論文。停了半晌，佳珍認眞地說：「眞的欸，捷運經過美麗華，望到摩天輪，我也會覺得幸福。」

憲明沒有搭腔。

「可惜沒坐上去過。」佳珍語氣有些悻悻然。

「到高點，又要盪下來，怎麼會幸福？」憲明咕嚕一句，喝一口酒。

佳珍想，憲明應該是記起了去年情人節就說好要去坐，到今年還沒去成。他們在一起常是這樣，佳珍會提一些想去的地方，建議到哪裡好好地玩一趟，結果都難以實現。

交往一年多，除了去吃渡船頭的孔雀蛤，最常來的是這家炭烤店。他們平日約會不出河邊這個範圍。去日月潭那趟也是當日往返，兩人沒什麼機會長途旅行。佳珍知道是因爲憲明的母親。看在佳珍眼裡，憲明母親對兒子有一種無形的束縛力。

杯中剩下最後一點酒，憲明眼裡現出抱歉的表情，吶吶地說：「等我們有房子，會買那盞貝殼的燈！」憲明重複了一句先前佳珍的話。

舉起酒杯，佳珍與憲明碰了碰杯，一口氣喝光。那一瞬，望著天花板垂下來的鎢絲燈泡，佳珍腦袋裡迴盪著日劇「一定會幸福」的呼喊。

「好咖啡，好生活」

河邊咖啡店logo

一則是河水的流勢，環繞一圈回到原點，沒被沖得太遠，衣著還算完整；二則是案發後嫌犯不曾重回現場，現場沒什麼破壞。兩樣加起來，讓後來的破案成爲可能。

現場鑑識人員

我不想再談這件事。

渡船頭小吃店老闆

新北市　淡水河畔　三月三十日　下午

那一天，咖啡店的店主人方哥被帶進警局偵訊。

「淡水河畔出現浮屍」，三月下旬，跑馬燈出現這一則即時新聞。轟動的消息見報後第四天，刑警根據線報，找到本案第一位嫌疑人。

浮屍被發現後，電視轉播車由西濱公路轉入河邊巷道。好奇的路人指指點點，衛星導航的螢幕上，靠近出海口的這塊三角地形在地圖上浮現出來。

淡水河到這裡繞了一個彎，水岸邊的濕地是泥灘的底質，泥灘一路延伸至出海口，整塊都是高鹽分的潮間帶。那年三月之前，除了沿河的單車道，這一帶算不上旅遊景點。泥灘中富含水藻、招潮蟹與各種貝類，卻少見人下去採撈。偶爾，有人穿高筒雨靴踩進砂礫地，舉起長鏡頭，拍攝矮樹叢中的水鳥。

咖啡店位於三角地形的中心點，面向著沿河的單車道。車輛若從西濱公路轉入窄巷，巷道裡「前路不通」的彎折處停下車，與單車道還有一段距離。朝向河流的方向步行，繞過一片肩膀高的茅草，接近河邊，到咖啡店前才顯得開闊。

咖啡店附近，沿單車道有幾間廢棄的廠房。右邊一間屋頂特高，鐵皮屋頂有幾處塌陷，旁邊草地斜放著一截帆船桅杆。走過去看，面向單車道的鐵捲門拉下一半，雜草過膝，通道被草埋住，看來很長的歲月沒有人進出。那一日，刑警們在這塊三角地形來回搜索，從廠房裡拖出一艘平底船，船內滿是污水。管區警員翻查出地政資料，確定這裡多年前曾是造船廠。

左邊是家碾米工廠，懸著的招牌搖搖晃晃，早已歇業多年。門前幾個生鏽的汽油桶，旁邊堆著用途不明的粗大鋁管。

方哥被帶進警局偵訊那天，單車道飄著小雨。清明前後，單車道非常濕滑。刑警跨進店裡時，門外木桌上坐著兩位車友。一位綁著發出淡綠螢光的腰包；一位彎下身，擦拭單車後輪的輪軸，看起來喝完咖啡還要繼續騎乘。

這種天氣，客人放雨傘的鋁桶全是空的。銷量算不準，部分進貨應該先放冷凍庫。這是警察上門時，店主人方哥心裡盤算的事情。

咖啡店前的車道好遠才一盞路燈，整條單車道都沒有監視器，新北市政府應盡快檢討改進，保障行人生命安全。

新北市〇〇里／里長

沒有拖抓痕、沒有被搬動痕跡，附近空地沒有血跡反應，顯示河邊濕地就是第一現場。綜合證物，逐漸排除移屍運屍藏屍的可能。

媒體報導

土城　台北看守所　　六月十三日　下午

「只是，爲什麼要殺他妻子？」翻動卷宗，律師深思地望著佳珍。

「法扶會」派過來的義務律師，直話直說，不多寒暄的那種。第一次見面，佳珍就直覺認定這位女律師可以信任。

律見室裡，佳珍彎折自己的食指，發出啪地一聲。緊張的時刻，她不自覺會重複這類小動作。

律師有興趣地望著佳珍，等她說話。

佳珍低下頭，手指節又響亮地一聲。屋裡很安靜，讓人感覺這份安靜有點難挨。

律師開口，鼓勵的語氣：「有什麼問題，可以問我。我會給你意見。」

警察局問完筆錄之後，直到這位律師出現，佳珍好長一段時間沒碰過這麼和善的眼光。佳珍遲疑著沒有說話，那屬於她的性格，凡事她習慣自己解決。

又是一陣長長的沉默。

律師看了看錶，佳珍感覺到必須開口說些什麼。

下一分鐘，佳珍抬起頭，一字一句地問：「你認爲，說出所有實情，對我的判決有幫助？」

律師點頭。

「眞相全講出來，比較有利？」佳珍再問一次。

＊

佳珍不習慣向別人說心裡的事。爲什麼要洩露心底的祕密？自己有想不通的地方，她選擇不說出來。包括憲明在內，應該說的事她都沒有說。對佳珍來說，自己知道就好，向別人坦白是一件冒險的事，除了難以預期人家聽到會怎麼想，她總覺得別人不能夠保守祕密。

「有沒有記下來的習慣？」前些時候開庭，檢察官問過她。

以爲找到一本日記，攤開，所有事都有了答案？當時站在法庭上，佳珍閉上眼，心裡哼了一聲。

比起同世代的年輕人，佳珍算是極不熱中上網的那種。去年耶誕跟同事的合照，掛在臉書上幾個月，一直沒有撤下來。凡是會洩露本身行蹤的事，她一點也不積極。

心裡的話爲什麼要說出來？對佳珍，眞正在意的事恰巧是不能夠表達的那種。在她心裡，發生過的事，跟自己都說不清楚，怎麼可能對其他人說明白？前些日子，憲明寄來一疊散文新書。她翻了翻就放在一邊。有人自願寫出身上發生的事？她看不起洩露祕密的人。

佳珍想著，某些事是不會忘的。藏在心裡不說，如同加上眞空包裝，反而記得更牢靠。就好像阿爸出事那一天，她正趴在課桌上午睡。突然被搖醒，校長站在課桌旁邊。她睜開眼，糗極了的是桌上的水痕，混著口涎，長長的兩條手臂汗水印……

阿爸出意外那一天的事，一點也沒有忘記，封存在不透光、不滲水的防護罩裡。

後來，佳珍收拾書包，校長牽她走出教室。佳珍記得教室走廊白花花的陽光，刺眼的明亮。第二天一早，她準時到學校，服務股長的工作做得格外用心。她一個字也不多說，什麼都沒有發生，她不喜歡被人可憐，才不要看見同學的異樣眼光。

一個人坐在黑暗裡，佳珍總想起阿爸從田埂抬回來的樣子。對著鏡子，咬一咬嘴唇，把眼淚嚥了回去。從小，佳珍就看不起在人前掉眼淚的同學。對佳珍來講，誰會同情呢？何必哭出來給人家笑？就好像佳珍長大後也不喜歡讀小說，她翻過幾本，作者哪會知道主人翁心裡的事？讀了幾頁佳珍就失去耐性。

佳珍的想法是，心裡的事留在自己這邊，才覺得安全，而多一個人知道，就多一份洩露的危險。從小，佳珍就看不慣那些會寫作文的好學生，總在作文簿上寫多愛爸爸、多愛媽媽，家庭有多幸福之類的事。這些好學生倒底有多麼愛現？佳珍想不通，家裡的事爲什麼要掀出來讓別人知道？

＊

「試著說說，第二天記得什麼？」律師的問題又繞回幾個時間點。

佳珍搖搖頭。

「那一陣很昏亂，忘了很多事。」佳珍加上一句。

佳珍其實記得。她清楚記得那天早晨的夢境。她還記得朦朧間聽到鬧鐘，從床上坐了起來。

沖洗浴廁，整片地用抹布擦過，再用拖把仔細拖一遍。後來她跪在地上，刷洗地磚縫裡的污漬。洗乾淨的衣服一件件晾在竿子上。她沒有閒著一分鐘。

閒下來，佳珍會想起一些怪異的畫面。

後來進到咖啡店，站在洗碗槽前，一個走神，杯子打破了，碎片劃過手心，她感覺尖銳的痛。

抽屜裡拿出醫藥包，酒精棉抹抹傷口，她熟練地止住血。擠出消炎軟膏，用膠帶把傷口包紮起來。

一個步驟接一個步驟。望著沾血的棉球，她跟自己說，沒有多想，沒有想到任何不該想的事。

那之後，佳珍招呼客人入座，又把外賣的紙杯放上架。接著擦桌子，跟站在櫃檯前的客人結帳。一切恢復了條理。打破杯子那一陣尖銳的疼痛，似乎讓她接下去的舉止正常多了。

*

佳珍記得什麼？

馱著洪太到舊廠房，接著拖進樹叢；再來輪到洪伯。該發生的都依序發生。沒有任何突發狀況，事情順利到她不敢相信。

有一段失憶的時光，佳珍不記得自己做了什麼。

後來，佳珍記得正朝咖啡店一路小跑。

河水漲了起來，佳珍沒有回頭張望。她以爲，河水一點點淹高，高過那堆水筆仔的樹根，就會帶走所有沒處理完的東西。

人潮增加至少也有三、四成，可能五、六成不止。

單車租賃業者

滿興奮的，很特別。打算再來這裡過七夕，一定會不一樣、很不一樣。

情侶裝打扮的河邊行人

命案現場算是「景點」了吧。之前看到新聞報導，奇案啊。寶島之行，特意繞來看看。

陸客團遊客

一群人來比較安啦，最少也要兩個人，晚上一個人走河邊，心裡會毛毛的感覺。

本地遊客

見到當事人，或許還沒有建立信任的緣故，話極少，比我想像的更爲緘默。

初見的印象是，如果有人跟我說，當事人在出事前已經想清楚在做的事，我會驚訝，非常非常驚訝。

被告辯護律師／手記

新北市　淡水河畔　　三月十五日　晚間七時二十五分

刺穿她的東西彷彿天上射下，快到她沒有機會眨眼睛。

刺痛接著消失，腹腔處一陣一陣暖熱的感覺。

發生了什麼事？

幾個鐘頭前，她記得，暮色中，窗外的河景顯得蒼茫。

那時候，對著河裡映照的水光，她想著店長來到家裡說的那些話。信還是不信？望著身旁的丈夫，一股酸澀的味道湧上喉頭。

她下意識地往咖啡機的方向看，店長端起杯子，正朝窗邊這兩個座位走過來。她想，又要再見證一次，老男人混濁的眼珠突然放出光亮。她告訴自己，公狗嗅到年輕的母狗會發情，牛仔褲包裹的翹臀左右擺動，丈夫腦袋裡的腺體就加速分泌。沒什麼需要驚訝，純屬生物性反應！

不需要驚訝，情況在掌握中，她總是這麼寬解自己。其實，近幾個月她就覺得不安，有什麼正在悄悄進行。不只由於這年輕女人，後面還有更大的陰謀瞞著她正在進行。她不喜歡這種感覺，她想自己很快就會發現，不安的原因到底是些什麼。

又一陣刺痛，接著，她意識模糊起來。

水果刀作爲凶器，男被害人被刺六刀，有幾刀刺穿頸部血管。女被害人有五處刀傷，傷口很深，一刀深入內臟，可知被告下手很重。

本案檢察官

很可親的一對夫婦，我看過先生牽著太太在社區散步。他們沒在社區出現，老實說，我還有點想念。

社區鄰居

II

咖啡店

這家店地理位置沿著河，周圍沒什麼人家。咖啡店兼作單車補給站，在車友之間漸漸有些名氣。

店主人方哥是位有心人，對咖啡專業，又有文青氣質。當初找到這處廢棄的廠房改裝作咖啡店，除了租金低廉，最主要的原因是週末有年輕的單車族聚集，方哥認為可以開發為文創基地。開幕第一年，方哥在夏日午後邀來歌手，在周圍空地辦音樂節。這一年方哥又有新點子，準備開班教授自釀啤酒。開業短短兩三年，號稱單車與咖啡的複合環境，當地已經建立起口碑。

就平日人潮來說，咖啡店的位置並不理想，最靠近的社區都需要走個五分鐘。為了穩定客源，方哥想出咖啡券的主意，熟客用票券是八折優待。顧客推門進來，看著像走路過來的，方哥會問這位顧客家住哪裡，結帳時自動打折。方哥的睦鄰策略很有效，附近社區的住戶對這家店皆表歡迎。

最近一期社區報紙上，受訪的房仲業者樂觀地評估，咖啡店出現，代表增值空間，加上單車道與濕地景觀，顯示這區域甚有發展潛力，未來將轉換成房市利多。

＊

佳珍算是咖啡店的元老，夜校沒畢業就在這間店打工，畢業後正式升任店長。方哥把佳珍當作自己人，外場大小事交給佳珍全權負責。

佳珍很珍惜這個機會，就像她在電話裡跟阿母說的，店開張就進來，忠誠度不一樣，老闆器重，有機會與咖啡店一起成長。

遇到假日，騎車的人多，店裡總會出現幾回滿座高峰。忙的時候，顧客過來搭訕，佳珍常要提醒自己臉上掛著笑。隔著調理咖啡的中島，佳珍不時轉過頭回答問題。一手用抹布搗住蒸氣噴管，對不相干的話題，佳珍總會耐心扯幾句。

店開張沒多久，住附近的洪伯就走進來喝咖啡。靠玻璃窗有幾個高腳椅，望得到河景。除非假日滿座，下午四點之後，總有一張是洪伯的專屬座位。

「牙買加？藍山？或者今天想喝拿鐵？」洪伯進門，還沒在高腳椅坐定，佳珍已經湊過去問。

洪伯人很隨和，跟店裡每個人都可以聊一會，與佳珍似乎特別有話說。漸漸成了習慣，走進店門總是佳珍迎上去招呼。佳珍跟同事說，看一眼洪伯的表情，就可以猜出等一下點的單品是偏苦還是偏酸。有時候洪伯幾天沒出現，同事還會慫恿佳珍，打個電話到洪伯家去問問。

店裡員工都知道，每季推銷咖啡券，佳珍拿到洪伯面前，總是輕易達標。

方哥的理念之一是以咖啡店爲中心營造出社區的環境，洪伯無疑是最好的代言人。客人多，洪伯會起身幫忙收杯盤。「咖啡調理專業，豆子進得好，標明產地。要常來，鼓勵鼓勵年輕人。」遇上第一次上門的客人，洪伯自動加些評述。

眼尾跟著佳珍的身影，「人有內涵，動作很優美。做起事有元氣。」找到機會，洪伯總要誇店長幾句。

洪伯誇得頗有道理，佳珍確實處處顯出她的幹練。方哥也常說起佳珍進來時完全不懂咖啡，「連喝都沒喝過幾杯吧，」「看現在，我們店長快成半個專家了。」方哥讚嘆。

說話的對象若是點點頭認可，方哥就會帶著笑繼續說：「難的事，總難不倒我們店長。『淺烘焙』、『深烘焙』，還有『摩卡壺』、『虹吸壺』、『濾壓壺』、『冰滴壺』的區別，哪種壺配上哪種烘焙度的咖啡豆，呈現出最完美的效果等等。顧客問，我們店長隨口可以說一番道理。」

從小幫忙阿母顧攤子，佳珍手腳很勤快。虹吸壺底下水滾了，她一個箭步，幫方哥移開酒精燈。

虹吸壺是物理現象。下方的玻璃皿遇熱，水煮到沸點，滾開的水自然就衝上來。佳珍也這樣告訴自己，努力，熬久一點，好事情也會一樣一樣自然發生。

*

好事情究竟會不會發生？佳珍其實有不確定的時刻。佳珍想到過去，彷彿有一團黑雲跟著。

佳珍寧可計畫未來的事。想著，距離實現就又近了一點。心情浮躁的時候，佳珍靠設定的目標過日子。有一次，她翻開店裡的雜誌，塡寫夾頁中的性向測驗。那個測驗說是比星象更準，可以綜合你的人格特質。分數出來，佳珍果然屬於「長於規劃」那一型。

定下目標，目標放在心底，忍住不跟外人說，佳珍相信，目標就更容易實現。

這一陣，咖啡店打烊後，都是佳珍巡視一遍負責鎖門。方哥自從妻子懷孕，愈發把顧店的責任交給佳珍。佳珍租屋處就在沿河那塊墓仔埔旁邊，順著單車道走，與咖啡店只有七、八分鐘的距離。佳珍並不介意工時長，她本來喜歡在店裡磨蹭，反正晚上一個人在租屋也是無事可做。

忙了一天進到租屋，望著牆上的月曆，佳珍想的多是這陣子自己又有什麼樣的進境。有時候，一個人坐在床上，想著計畫中的咖啡店，佳珍覺得腦袋裡充滿各樣的點子。這種時候，她會盼著接到憲明的電話。只可惜憲明就是一板一眼，連電話時間都一定事先約好。

坐在床上，放下泡麵的塑膠碗，佳珍在想咖啡店開張後的各種細節。

佳珍看過一套日劇，劇情繞著西餐廳裡發生的故事。餐廳中那位女性幫廚特別有志氣，明知工作只是算準時間撈麵條，仍對未來有莫大的期許。劇裡，女幫廚每天下班回家練臂力。將來是要端起大廚手裡那隻鐵鍋的，女幫廚對自己說。這套日劇對佳珍影響很大，佳珍一邊看電視，常會兩隻手輪流鍛鍊，來回抓舉床邊的鑄鐵啞鈴。這幾年在方哥店裡，佳珍知道大小事都需要體力，包括訂來的貨搬上架等等。佳珍想，到那時候，總不能夠凡事等著別人幫忙。

臨睡前躺在床上，佳珍繼續在腦海裡規劃未來。

想像中目標並不遠。有時候，遇到白天去了銀行匯錢，把帳戶的一點錢全數匯回南部，佳珍也會洩氣一陣。佳珍很快又打起精神，告訴自己多熬一段時間，弄懂開店的許多眉角，以後成功機率更高些。

到時候，取個有意思的店名，做成醒目的標誌掛在店門口，佳珍想像中，包括設計餐牌都自己動手。躺在床上，瞪著租屋的鐵皮屋頂，佳珍在腦海裡勾畫自己的店。

佳珍連小地方都不放過，廁所門外的帘子她想好了，用那種裝咖啡豆的麻布袋，掛在廁所門外當門帘，再選幾幅咖啡原產地的風情畫放在牆上，讓人聯想起咖啡代表的美好生活。

佳珍想著，將來會在店裡的牆上嵌入一個個方框，擺放一些特殊的咖啡杯。佳珍興奮地想，每個杯子都有來歷，代表自己某一段時間的心情。在佳珍眼裡，憲明雖然會讀書，這方面就明顯欠缺想像力，去過一次品牌店「玫瑰花園」，憲明想到的就只是玫瑰花圖案。佳珍喜歡變化，而整組杯盤重複同一款主題，似乎就是憲明想像力的上限。到後來，兩個人都同意的是代表質感的英國骨瓷。

上次逛台北的百貨公司，佳珍牽著憲明走過一家名店的櫥窗，兩人同時看到一款花葉彎彎的圖案。「草莓葉，我看像欸。」佳珍說，她認得那蜷曲的攀緣莖。

門口看進去，一對對顧客坐在沙發椅上。店內空氣中有種甜蜜，一看就是情侶在選結婚用品。店員眼光往門外掃，佳珍拉憲明快步離開。

經過夜市進口處的小店，佳珍的膽量回來了。「裝作要選一隻。」佳珍挽著憲明的手臂就走進去。

佳珍揀起一隻杯子，推推憲明的胳臂，假裝拿不定主意。

店主人過來跟佳珍解說，這隻根據希臘神話、那隻有塔羅牌的傳說，有的是進口眞品、有的是本地翻仿的。佳珍擺出感興趣的樣子在仔細聽。走出店門，佳珍沒好氣地對憲明說：「拜託，你也配合一點，裝作眞要買你會不會？」走了幾步，想著憲明這種老實人正是自己選中的，佳珍臉上又和悅起來。她牽起憲明的手說，以後我們店裡的杯子，每一隻有個故事，去過的每個城市都選一隻。佳珍確實是常想著將來跟憲明去旅行。她聽同事提過周遊整個歐洲的行程。到了法國巴黎塞納河畔，會不會感覺跟淡水河不同？佳珍出神地想，一堆說法語的人中間，會是怎麼不一樣的浪漫光景？

佳珍嘴裡總說：「旅遊不急，做研究生課業重要。」佳珍心裡知道，憲明母親是最大的阻礙。憲明是么兒，父親早逝，憲明過了晚上十點就開始看錶。佳珍想著，要是出國，說不定，憲明希望帶上的是自己母親。

多一個人出國玩，佳珍其實並不介意。佳珍這方面自覺心胸夠寬大，蜜月旅行又怎麼樣，反正都是去旅遊，佳珍並不在乎多一個人。然而到陌生地方，晚上要怎麼睡？一張床還是兩張床？佳珍跟婆婆睡，還是憲明跟他母親睡，佳珍覺得這問題有些難解。

去年，慶祝她生日，她跟憲明去了趟日月潭。清早出發，他們當日往返。火車坐到台中，接著換乘客運。那天遊客很多，環湖有一條步道，佳珍記得耳朵裡的各種聲音。沿著潭邊走，碼頭附近船身相碰，發出重重的撞擊聲；長串的陸客不時擦肩而過，一面走一面抽菸，說話很大聲。偶爾，對岸的佛塔傳來震耳的幾聲鐘響。

到處都是人，特產店的店家見兩人不像是陸客，連招呼的熱情也少了。就是那一天，佳珍原本想提一提自己擬的蜜月旅行計畫，卻始終沒有說出口。離開時，一輛輛遊覽車錯身而過，嗆鼻的菸味裡，佳珍覺得日月潭的景色還不若淡水河。

＊

咖啡店裡，常有客人稀疏的時光。

佳珍站在洗碗槽前，手搓杯緣，望著窗外的光影在杯子上晃動。瓷杯洗乾淨，拔起插在槽裡的水喉管。水沖過手指，心裡存著未來的目標，單調的動作都讓佳珍覺得有希望。

佳珍尤其喜歡那台咖啡機，抹布沾著一點肥皂水，她動作格外輕巧，一丁點咖啡漬也要擦乾淨。佳珍打聽過價格，基本款也要十幾萬。

La Marzocco品牌，產地是義大利佛羅倫斯。佳珍想，網站上慢慢找，說不定有二手可買，何必買全新的，咖啡機二手一樣好用，就是要等到暗紅色金屬光澤的這一款。

想到跟錢有關的事，佳珍眼裡總會黯淡一陣。念夜校時那筆貸款還在分期還，這些個月跟著洪伯做股票，手邊稍微鬆點，給阿母的錢卻也增加了。對佳珍，錢始終代表壓力。她想著婚後怕也難改善，憲明研究生薪水那麼一點點，錢將繼續是個問題，如果存不夠一筆數目，勢必得在方哥店裡繼續做下去。

佳珍有些無奈地想著，到時候，手指上多了枚結婚戒指，生活沒有太大的改變。兩人薪水加起來，存的錢趕不上店面的漲幅，永遠開不成自己的店。

想到錢，佳珍記起一些陰暗的過去。她甩甩頭，把腦海中的陰影甩開。

＊

佳珍不記得那是二月裡哪一天，上班時候，方哥一邊整理帳單一邊問，「店長什麼時候請喜酒？」憲明每週一次，固定時間出現在店門外，店裡的同事已經猜出，她跟憲明一定會走到婚姻的路上去。

「還早，我們不急。年底以前吧！」佳珍胡亂應了聲，心裡浮出點疑心，莫非方哥另有打算，想要及早聘請新人。

「好日子大家搶，我們那時候就那樣，場地都被訂走了。」方哥說。

佳珍稍稍放下心，聽出來方哥是一片好意。

佳珍想著，平時去哪間餐廳之類的事，都是自己拿主意，偏偏婚期這件不一樣，愈是心裡急，愈不好過於主動。若按規矩來，提親什麼的都需要男方出面。佳珍知道憲明母親不是很滿意自己，還問憲明清不清楚自己的過去，又問憲明自己曾交往什麼人之類的。憲明不是有心機那種，被佳珍一陣逼問，說出來時眼睛怯怯地望著佳珍。佳珍聽著，心裡其實有點小芥蒂。

說是男方家的事，佳珍腦海裡，早已規劃出婚禮的具體細節。首要是經濟實惠，會在那種平價的婚宴廣場擺喜酒。碰上黃曆上好日子，她想著，同時段一定有多場婚宴，先要確定賓客不要走錯場子，再弄清楚男方女方的禮金各一本帳。佳珍家親戚很少，吃囍酒又要遠從南部上來。咖啡店的同事加一加，兩桌都坐不滿。佳珍知道，禮金分得清楚是一回事，雙方賓客數目若是太懸殊，婚禮場面很不好看。

「可是，常是兩家人算錢，弄到要吵架，夠掃興欸。」那一次，方哥提起婚禮的話題，店裡打工的小妹插嘴說。

當時，佳珍用力擦抹盤子，抹得特別大力。佳珍本來不喜歡這位新來的打工小妹，佳珍奇怪怎麼有人說話用「可是」起頭，開口就一副提出批評的架勢，佳珍感覺上被潑了冷水。

停了半晌，佳珍不示弱地回嘴：「這種事不必我們費心，訂的地方有服務，菜單、音樂、禮車、現場布置一類的事都交給專業經理處理。」

說著，佳珍在海綿上繼續加洗碗精。

上次校友會佳珍知道，有一位中學同學，幫人辦婚禮做得不錯。也是因爲那同學佳珍才聽說，世界上竟有這樣一種新行業，工作內容就是幫客戶統籌婚禮。那位同學說，免費出國旅行、薪水特高、事後還拿個大紅包。同學說有錢人主意無奇不有，有的去希臘的小島度蜜月，有的想訂關島峭壁邊的教堂等等。校友會上聽著，佳珍很難忍受同學炫耀的語氣。佳珍悻悻然想著，薪水高又怎麼樣？業務的對象是新人，望著人家在人生最幸福的光景，婚禮完還要眼看新人入洞房，像她同學那樣的單身女性一定感覺孤單。

佳珍趁個空檔，裝作關心地提出自己的疑問。

「哪有時間孤單？忙完了，坐下來喝一杯，身邊立刻圍過來英俊的伴郎。」同學高聲說。

怕聽眾難以想像，接著又繼續解釋，伴郎不只一位，常是新郎一起長大的一群哥們。那種光景，最容易釣到單身帥哥。

「有一次，跳了一夜舞，第二天清晨就跪下來跟我求婚。當然我沒答應。」說話的人一臉陶醉。

佳珍聽起來覺得不可信，很想即刻開口酸幾句，卻又覺得自己沒出過國，講什麼都露出馬腳，或許人家講的都是眞的也不一定。

現在對著打工小妹，八字沒一撇的婚禮計畫，佳珍驚異自己描述的是細節，好像已經訂好了場地，還說有專業經理負責打點。佳珍轉念想著，說不定眞的聘請一位，說不定本是租用婚紗的套餐服務，新娘只管美美地對著鏡頭，其他由別人煩惱也不錯。

*

那天，站在洗碗槽前，佳珍停下手裡的動作。陽光透過百葉窗，海綿上的洗碗精串起五彩泡沫，佳珍想到走紅毯時撒下來的紙片。

佳珍去過那種大型婚宴廣場。幾面電視牆上同時映出投影，新娘側站著擺姿勢，許多張都是仰角，顯得新娘腰細腿長。下一張，新娘在戲水，濺起了水花，照相機捕捉到新娘雙腳脫離地心引力的瞬間。

公園裡拍、海灘上拍、有的還在郵輪上拍，一張張在喜宴裡輪流播放。坐在圓桌前，佳珍最羨慕的是電視牆上新娘童年的照片。照片裡的小女孩露出缺門牙的笑容，「看，多清秀，當年就是個大美人。」親友齊聲讚著。佳珍想，自己從來沒有那樣的入鏡機會，家裡少一台照相機，佳珍小時候幾乎沒有拍過照。

那種婚宴廣場怎麼算錢？佳珍皺了皺眉頭，念頭總是回來繞著錢。

＊

「三十五萬。就爲了這些錢？」指著起訴書，佳珍感覺律師疑惑地盯住自己。

事發後，三十五萬，是佳珍唯一領到的一筆錢。

洪伯的圖章與身分證推進櫃檯，銀行臨櫃的那位小姐正跟同事聊八卦。數鈔機刷刷響著，分成三捆，沒多看一眼就交過來。

三十五萬，以爲是厚厚一疊，想不到很容易塞進了背包。三捆都是新鈔，每一捆束緊緊的，比佳珍想像的要薄許多。這樣數字的錢究竟可以買到什麼？佳珍沒有概念，她不曾把這麼大筆現金握在手裡。

＊

後來在法庭上，花許多時間在詢問細節。法官仔細比對佳珍臨櫃的紀錄與行員輪班的時段，塡寫的取款憑條也要比較筆跡，看有沒有任何差池。

佳珍自己知道，重點不是錢，不是錢的數目。

手裡握著錢的感覺，對佳珍來說，只是更接近一點，可以更接近一點想得到的東西。其實，佳珍並不清楚想得到的是什麼。小時候，佳珍在作文課聽老師念那些好學生的佳作，「溫暖的家庭」、「慈祥的父母」，那是什麼？隱隱地放著光，好像河對岸那些大樓裡的燈光，遠在另一個世界裡。聖誕節到了，環狀陽台上會閃爍七彩的光，一串串鑽石項鍊。佳珍吸吸鼻子，彷彿嗅到針葉放送的松香。那是什麼？佳珍並不清楚，但她知道自己沒有，她希望自己可以有，像別人一樣可以有。

從沒有得到過的東西，那是什麼？

＊

「被告的最大罪惡，是把自己的快樂建立在他人痛苦上。」

法庭上，佳珍垂下頭，聽檢察官大聲訓斥。

「『貪欲』，被告所有罪惡的起點！遺憾的是，被告至今不認錯，沒有面對自己的貪欲，被告並不知錯。」檢察官繼續訓斥。

被告太貪心，因爲貪，做出這等駭人聽聞的事。

被害人家屬

「貪欲」不是精準的字眼。檢察官這樣說，只因爲一時找不出其他說法。

「民間司改會」成員

準備出庭資料，一度想放棄，感覺所有的努力都是白忙一場。最沮喪的是，想著明天在庭上，一定頻頻被打斷。對犯下殺人罪的被告，沒有人認眞聆聽她這方的理由。

被告辯護律師／手記

對這個世界所持是偏妄的看法，總覺得別人排斥他、虧待他、不了解他，對別人加予的批評過分敏感，也不能容忍被人取笑，總敏銳地感覺出別人話語夾的輕蔑或侮辱，……他深知本身對友情與了解有高度的需要，但卻不情願信任別人。……他把人區分爲僞善與惡意兩類，終將受到他給他們應得的報復。

當感覺被人欺騙、輕蔑或鄙視時，激憤一觸即發。

《冷血》／楚門．卡波提筆下的殺人犯史密斯

新北市　淡水河畔　三月十五日　晚間八時

意識一陣清楚一陣模糊，躺在地上麼？

動動腳趾，揚起一點泥沙，腳趾浮在淺淺一層水裡。

她甩一甩僵住的手指。失溫是可怕的事情，她告訴自己要活動手腳，設法保持身體暖和。

＊

她模糊地知道發生了奇怪的事。

出了事，出了什麼事？觸碰到躺在旁邊的男人，男人動也不動，似乎沒有鼻息。

男人怎麼了？爲什麼平躺在旁邊地上？

自己打了個瞌睡？或者喝了點酒？所以是酒精在體內發揮作用？她有些恍惚，她不是那麼確定。

*

手指幾乎可以觸到，旁邊是男人的身體。爲什麼躺在一起？她覺得這並排的姿勢非常古怪。

她漸漸有些確定，這男人是自己丈夫。躺在丈夫身邊是古怪的感覺。

多年前他們新婚，丈夫趴在自己身上，喘著氣上上下下，他們努力試過幾回。

後來他們開始分房。有幾次，她半夜醒來，丈夫睡回到她旁邊。「你喝醉了？」她推推，丈夫不應，鼾聲更沉了。她坐起身，打開床頭燈，把男人的身體推遠一點。

咬著牙，她手腳並用，把男人身體用力推開。除了衝鼻的酒氣，她不能夠忍受靠過來頭顱上的油膩味道。

半晌，她索性跳下床，趿著拖鞋繞床走。直到丈夫在強光裡睜開眼，抱著枕頭走出去。

這些年下來，她隨時可以列一張清單，舉出自己難忍受的各種事情。包括丈夫的鼾聲、丈夫的氣味，以及丈夫嘴裡年長的女人……身體有多麼不堪的笑話。

有多麼不堪？好像卡住一根魚刺，耳朵裡的話讓她瞬間難以呼吸！聽到的時候，若是剛好握了一把槍，她想自己會按下扳機，把那個油晃晃的頭顱打爆。

這些年，與丈夫盡量保持距離，她不要讓丈夫的語言傷到自己。她告訴自己，不必把女性自尊與男人的低俗品味聯繫在一起。

跟丈夫在一起，即使只是短暫的一會，她隨時想到那兩個字，屈辱。

*

心裡有些明白，直覺是發生了奇怪的事。

她彷彿記得，臨出門前，老男人彎著腰穿鞋子。她打量丈夫後腦勺上那塊禿斑，秋海棠葉子似的愈長愈大，忍不住心裡冷笑。

對著丈夫抓在手裡的鴨舌帽，她寒著臉說：「帽子有型，遮得很剛好。材質是個錯誤，雪地禦寒用的，不適合我們淡淡的三月天。」

她轉身鎖上門，不必注視老男人聽到的表情。

他們夫妻的相處就是這樣，話底下包著玻璃渣，碰一碰就要濺血。

那頂帽子，她早就想講兩句。事關自己本行，衣飾代表的符號意義，那門課她開了好幾年，第一章就是「符號學導論」。譬如貝雷帽讓人想到維和部隊，鴨舌帽曾是狩獵者的標準穿戴。她冷笑地想著，所以這老男人幻想自己是誰？以爲手裡正端著獵槍，對準河裡的鴨子，是牽大耳朵狗打獵的英國鄉紳？

憑著她敏銳的感覺，幾個月來，說不出的不對勁。事情出了差錯，帽子是其中一件，她嗅到諸多不平常的狀況。丈夫本是儉省的人，等不及百貨公司週年慶，一口氣添置了鐵灰、藏青、花格子的鴨舌帽。臂膀夾著帽子，丈夫出門前看見鏡子還會停下，繞過腦勺那塊秋海棠，幾綹染黑的鬢髮從左到右，在頭頂上抹平整，才放心走出門。

怪事不只一樁，什麼時候開始，酒櫃抽屜裡塞著許多咖啡券，這輩子也用不完。

那天店長走後，她下樓，走進丈夫的房間，打開單人床旁的五斗櫃，櫃裡有未拆封的領結、全新的銅扣吊帶，衣架上懸著小碎花的白襯衫。她愣愣望著，老男人哪裡來的年輕品味？

*

眼睛花了？在水裡漂？

她摸摸周圍，泥地在積水，她感覺自己的腳跟泡進了水裡。她提醒自己不要睡著，借助一點浮力，手腳繼續擺動，河水漲起來，就可以漂回岸邊。

她迷糊地想著，站起來，走出去，快快回到家，洗一個熱水澡，躺在自己床上，這場噩夢就會過去。再次睜開眼，一切恢復常態。學期開課不久，給學生的書單還沒來得及發下去，許多該做的事都沒有做。

我記得洪太。散步經過店裡，洪太偶爾會進來喝杯咖啡。一個人，洪太喜歡坐側面的小矮桌，有時會翻翻架上的單車雜誌。有一次，她問我騎不騎車，接著，她對市面上車衣的材質發表了一番意見。

後來我才聽洪伯說洪太在大學教書，說是在材纖科系，還說開「基礎服飾學」之類的課。

咖啡店離職員工

我不記得姊姊跟我抱怨過姊夫。

女被害人弟媳

我們上一代的知識女性，要不，根本拒絕婚姻；要不，敗在婚姻這個死穴。

大學女生

III

安全的距離

那天之後，佳珍的日子怎麼過的。

多半時候，佳珍睡得很淺。天微微亮，她觸電一樣從夢中驚醒。

夜晚睡眠少，白天卻不覺得累。店裡閒下來，擦拭櫥櫃角落，把杯盤一遍遍重新擺放。回到租屋，佳珍跪在地上，刷洗浴間的磁磚縫隙，她不能夠閒下來。

閒下來，佳珍想起太多事。

*

事發的第二天早上，佳珍在鬧鐘鈴聲裡坐起來。她告訴自己，這是上班的日子。

進到咖啡店後，佳珍告訴自己，平靜下心情，處理例行事務，重點是不要讓不該有的念頭跑出來。

站在水槽前，手輕輕一滑，她打破了一隻杯子。破片劃過手心，她清晰地感覺到痛楚。

停下來，抽屜裡取出醫藥箱，右手幫左手包紮好。佳珍告訴自己，一件小事，打破杯子是平常的事。

坐在櫃檯前，望著洪伯常坐的座位，似乎洪伯下一秒就會出現。想著洪伯出現在眼前，想著那聲低沉的「嗨，店長」，這一刻，佳珍希望聽到那熟悉的聲音。

＊

接下去的休假日，搭捷運再轉公車，佳珍一個人去到那家溫泉賓館。

佳珍以為，洗個溫泉浴就可以忘掉一切。

站在買溫泉券的櫃檯前她突然有些遲疑，這裡是洪伯帶自己來過一回的地方。佳珍想著，沒辦法了，目前只知道這一家。

她脫掉衣物。去穢氣的儀式一般，褪下的內衣褲丟入旁邊的垃圾桶。

接著，在大眾池裡泡浴，她想要讓自己放輕鬆。

從溫泉池出來，她準備洗頭。弄濕了長髮，才記起剛才在櫃檯忘了買洗髮精，沖身處只有一小塊香皂。

走出「女湯」的布簾，玄關放兩張按摩椅。把手已經裂開，露出海綿。

座椅連著夾腿的兩片凹槽。投入十元硬幣，就可以啓動。

雙臂平擺在把手上，佳珍把小腿挪進按摩凹槽。

＊

按摩椅動起來，佳珍需要徹底放輕鬆。

椅子上，佳珍催促自己清空腦袋，幾分鐘也好，想一些放鬆心神的事。閉起眼，眼前又是她想要驅散的畫面。對佳珍來說，放鬆本來是困難的事。

佳珍是孤傲的個性，心事通常無人可說。佳珍沒什麼知心朋友，與同事並不親近。

店裡的員工來來去去，她經常跟方哥抱怨：「擦過的桌子像沾醬油，我還得再擦一遍。」佳珍尤其不喜歡賺零用錢的大學生。從小學時候，佳珍就討厭家境好的同學，她總覺得生下來好命的小孩跟自己不是同一國，那種人粗手粗腳，把許多事視爲理所當然，靠近那種人身邊，不小心就受到傷害。

或者也是類似的心情，方哥每次介紹新同事，佳珍就嘀咕：「還以爲撿到寶？大學生來玩票，教不會，還要小心伺候。」有時候，同事們下班後相約吃花枝燒，或坐渡船到對岸鎮上唱卡拉ＯＫ，佳珍從不參加。佳珍說她不喜歡這種平分錢的聚會，她挑高眉毛說：「吃多吃少怎麼算？少了會吃虧，多了占人便宜。」

就算旁邊是憲明，兩人窩在沙發上看日劇，佳珍總有一部分不能放鬆。比較起來，佳珍想著前兩年剛認識洪伯，下班前講些有的沒的，那段時光反而最自在。

洪伯總是下午來，習慣坐靠窗的高腳椅。近傍晚客人相繼離開，佳珍端過去咖啡壺，洪伯指指翻開的一本書，佳珍拉個椅子坐到洪伯身邊。除了那本教科書，桌上堆了洪伯帶過來的影印圖表。

「敲鐘，我們上課。」洪伯笑著對佳珍說。

咖啡店打烊之前，黃昏是輕鬆的時光。佳珍會跟洪伯閒扯幾句。吐槽無聊的客人，嫌一嫌欠缺目色的工讀生，佳珍伸個懶腰，沒賣完的美式倒進自己杯子。燈底下，對著紙上虛擬的股票進出，佳珍感覺又回到學生時代。可以問問題，甚至可以犯點錯。學一項新鮮功課，混著賺錢的希望，那段下班前的光陰，對佳珍是愉快的調劑。

怎麼下單，怎麼比較買進與賣出的張數，在洪伯口裡，做股票比佳珍以爲的要簡單。沒花多少時間，佳珍看懂了陰陽燭的圖表。

坐在按摩椅上，望著「女湯」的布簾，佳珍想起當時洪伯很會講故事，做股票的基本技巧之外，總會混一些名人的股海浮沉。燈光照在洪伯頭頂上，稀疏的幾絡鬢髮染黑過，髮根露出一截銀白。如果到這個年紀，佳珍在想，阿爸會不會看起來也像這樣？阿爸在佳珍印象裡是個俊美男，如果沒有過身，活到現在，是不是也有竄出來的白頭髮？當時在燈下，佳珍望著洪伯的肩膀，一時很想要靠上去。

*

佳珍小學時就失去了阿爸。

「若是恁阿爸在」，阿爸死後，成爲阿母的口頭禪。

「恁阿爸在的時陣，敢按呢？」阿母碎碎念。佳珍小時候，總想著阿爸在鏡子後面、阿爸在拉門轉角、阿爸在壁櫥裡面，阿爸會不會藏在家中哪個角落？佳珍有時候也眞的四處搜尋，小小的她相信，不放棄地繼續找，有一天，嘴裡喚著「小愛」，阿爸會出現在自己面前。

只要努力一點，佳珍相信，好似阿母嘴裡哼的那句歌詞「親像夢一場」，沉睡的人會醒轉來，阿爸會被自己找出來。

後來回溯起來，那段時間的誤會在於，佳珍以為洪伯也在找，她以為洪伯缺的是一個解意的女兒。

*

按摩機器停住，佳珍猛然睜開眼睛。前一瞬在夢裡，阿母敲敲棍子，「袂當甲恁阿爸卸面皮。」棍子指著佳珍。

那時見過憲明母親，佳珍做同樣這個夢，剛好也在同樣的地方驚醒來。憲明家客廳，憲明母親在做身家調查。問到她阿爸，空氣有些僵住。「掉在田水裡？」她記得憲明母親冷峻的一張臉，眉毛挑得很高，眼裡是不可置信的神情。

當年，阿爸旁邊放著米酒瓶，據說驗出巴拉松之類的殺蟲藥。從田埂抬回來，阿母嘴邊一路念，「死了了，這樣死了了？」

如果阿爸在，阿母不會常鎖著眉；如果阿爸在，阿母臉上會出現笑容；如果阿爸在，阿母不必擔心佳珍給阿爸丟臉。阿母發起脾氣，阿爸也會護著小小的她，佳珍不會挨那麼多棍子。

那一陣阿母常打她，委屈的時候佳珍會想，阿爸在鏡子後面望著自己，眼睛裡滿是同情。佳珍記得阿爸心很軟，就連對待雨裡皮毛濕透的小貓咪都非常溫柔。

常常想著阿爸，佳珍還是愈來愈記不清楚阿爸那張臉。佳珍記憶裡，阿爸總喜歡叫自己「小愛」，心情好，還會叫佳珍「我的小愛」。父親與女兒是前世的情人？佳珍聽過這樣的說法。佳珍想，父女之間，是不是就叫「無條件的愛」？

「兒子不作數，倒是盼望過生女兒。」那段授課的時間，洪伯講財經大戶的事蹟，說起那些敗家的兒子，不知不覺岔出這句話。佳珍抬起頭望著洪伯，聽出來語氣裡有種空虛。那時刻，佳珍伸長手臂，撫撫洪伯的肩膀，試圖安慰這位心底寂寞的老男人。

＊

機器的律動裡，小腿一陣陣酥麻。洪伯哪裡去了？

挪動膝蓋，從機器裡移出小腿，佳珍的睡意消失了。溫泉帶來的鬆弛感，像褪掉一件衣服般消失殆盡。

被告極端自私自利，毫無教化可能。

被害人家屬代理律師

被告的動機非常清楚。知道被害人夫婦是有錢人，被告希望更有錢，加上快要結婚了需要用錢，被告便去強盜取財。被告的殺人行爲是本於強盜殺人的犯意，涉犯強盜殺人罪。

本案檢察官

今天去過看守所，律見室裡，當事人願意說的依然有限。

回家打開電視，聽到幾位「名嘴」正在討論當事人的臉形。名嘴們與沖沖地說，顴骨突出，耳後見腮，這「蛇蠍女」臉的形狀出了問題。

被告辯護律師／手記

被告與男被害人間的關係，顯示有很強的情緒糾葛。被告想從關係裡離開，但難以離開，因此有很大壓力。她個性又不容易與別人討論內心感受。她一個人在想，兜了一圈之後才決定犯案。

心理鑑定報告

「邪惡」種子什麼時候播下？在哪裡播下？只可惜，我們總忘記了撒旦躲在暗處。

教會傳道人

新北市　淡水河畔　三月十五日　晚間九時五十分

晚飯想吃什麼？這是最簡單的問候句。

親密伴侶之間，問一句、看一眼，拍拍對方的手背，隨時在關切對方的心緒，情感就是這樣慢慢綿密起來。至於所謂的怨偶，一開始只是小小的裂隙，一方說了不該說的話，對方冷眼看著，漸漸猜疑加深，覺察到彼此的不同，又發現人生正朝向不一樣的目標，兩人愈走愈遠了。

愈走愈遠的兩個人，處在同一個空間裡，也像兩隻豎直剛毛的刺蝟，保持安全距離，減低對方可能肇致的傷害。

對每一樁婚姻都有效的問題，這些年，他們對彼此做了什麼？

他對她做了什麼？

或者反過來問，她對他做了什麼？

＊

她昏睡了一會，又在另一個夢裡醒過來。

疼痛的間隙，她有突然鬆弛的幾分鐘。前一瞬，回到了居家的日子麼？陽台上彎著腰，搖搖花瓣上的水珠，摘掉被蟲咬的葉片，她在修剪那株攀藤的小葉薔薇。

陽台上工作一陣，進到屋裡。她按下冷氣按鈕。陽台的拉門緊閉，每隔一陣子，冰塊掉落的聲音由樓下廚房傳到樓上，那是冰箱的製冰系統在自動運作。

家是她的城堡，她習慣其中的秩序感。閉上眼，冷氣機發出輕微的嗡嗡聲，有一種置身城堡裡的安逸。這棟透天厝的基地不算寬，好處是上下三層，窗外都有風景。除了那條蜿蜒的河，沿河是狹長的濕地，她喜歡把濕地上的水生植物想成矮矮的苗圃，有一天樹苗長大，會長成一片森林。往遠處望，河對岸有山，她躺在臥榻上，可以眺見大屯山、七星山、磺嘴山串起的連綿山系。

她在裝潢時處處費心。一樓是廚房與飯廳，丈夫的房間在飯廳後面。她的臥房占去整層二樓。當時，她與設計師一起畫圖，就是要讓動線合乎她的日常作息。床邊一張橫擺的臥榻，睡醒可以對著河景小憩；床的另一側是化妝台，旁邊嵌著落地穿衣鏡，穿過按摩浴缸的浴廁，通往她最得意的試衣間。三樓她當書房，書房內放著一台跑步機，雖然她很少上去運動。她多半時間留在二樓，她尤其喜歡拉門外面種滿花草的大陽台。

當初選定在城郊置產，也因爲兩個人可以保有獨立的生活空間。兩間臥室不僅分處兩個樓層，而且分在動線兩端。

陽台上修修剪剪，她習慣靜謐的日子。單單這個露台花園，就讓她忘掉婚姻裡一些不愉快的事。

＊

躺在泥地上，剛才卻是個好夢。V字胸口鑲上施華洛世奇水晶，後背鏤空，底下小燕尾拖著白色緞穗，她正對著照相機擺姿勢。

意識在渙散？還是快死了？她想著這樣的畫面意味著什麼？聽說彌留前

會如此，一幅幅投影片快轉，精華片段在眼前浮現，這人生從頭回顧一次。

奇怪的是，明明睡在泥巴堆裡，睜開眼睛，水波中卻有一點一點的星光。她想著，自己一直喜歡亮晶晶的東西，bling bling，古典而奢華，帶來某種超現實的氛圍。躺在泥地上，她竟然記起結婚那晚身上穿的禮服。

當年，打開空運來那個綁緞帶的方盒子，屬於她人生的高峰經驗。研究所同學幫忙，走行內的門路，靠人情從紐約及時空運到台北。一冊冊婚紗雜誌她曾仔細研究，鍾情的始終是Vera Wang。

那晚上，對著梳妝鏡擦去眼影，卸除臉上的粉底。轉身正要解開束腹，躺在床上的男人已經打起鼾。

起身，她掛好那件婚紗，對著鏡子，把纏在髮絲上的碎鑽珠花輕輕取下。

男人的鼾聲忽高忽低，還要不要穿上為這一夜選的內衣？那是個問題。之前她花了許多心思設想，「阿曼妮」還是「仙黛爾」，她給自己準備的是相對保守的「貝莎娜塔」，細密的亂針刺繡，微露出胸部的白嫩肌膚。

吸口氣，暗鈕一個一個扣扣好，她還是耐著性子把內衣穿上。從小她喜歡玩的遊戲，為娃娃用紙板做衣服，她擅於裝扮娃娃一樣地裝扮自己。

＊

她平躺下，抽動枕頭，忽的翻轉一個身，她動作特意誇張。男人鼾聲止住了。

後來，男人儀式性地靠近她。手臂朝她肩膀攬了過來。再過一會，身體壓上來。分解動作似的循序漸進，其中沒有熱度、沒有熱情。

或者那晚上是個惡兆，預示著日後的種種不協調。關鍵在一開始，她不應該答應去赴約。

過了適婚年齡，朋友在電話裡提這件事。死了太太的男士回國定居，她握住電話呆了一呆，「繼室」？「續弦」？聽到的名詞十足陌生。然後，她聽見自己的聲音說好啊，見見面認識一下沒什麼不好。

後來她才知道，對方把條件擺得很明，中年有事業的女性，願者上鉤，沒有多少浪漫的空間。為什麼朋友找上她？「剩女如雲，我幫你掛——急——

診！」機會一閃即逝，來不及慢慢排門診，朋友強調這種給中年女性機會的男人屬於稀有財。

第一次約會，對方選的是仁愛路那家老派西餐廳。餐廳在地下室，她踩著高跟鞋小心走樓梯。柔和的壁燈底下，洪先生出現在眼前。她對這有禮貌的歐吉桑生出些好感。雖然兩鬢灰蒼，優勢是身材高，腰板直，並不顯老。一身嗶嘰料單排扣西裝，稍嫌規格化一些，她想到中山北路日系店的紳士服。

大致過得去，小小的改善空間。她悄悄在心裡想，穿上窄板的American Casual就更發揮身材優勢。整體而言，西餐廳的見面頗自然，歐吉桑比她料想的勝出許多。

婚後，她才曉得，見面那一天的穿著是登峰之作，丈夫的品味就那麼淺淺一層。

新婚沒多久，她提起陪丈夫去選衣服，特意跟丈夫說：「『青山の洋服』可以買，要點是不必上下一整套。」同時，她講了幾家男仕品牌，強調以丈夫的年齡，應該選擇介於urban與vintage之間的復古感覺。

丈夫聽著一臉不領情，悶悶地說：「你講太多英文字，穿什麼我自己決定。」

一扇門關起來了，意味著溝通的隔絕。她覺得挫折，從此不再提衣服的話題。

後來她試過安慰自己，在她丈夫那一輩男人眼裡，妻子就應該少有意見，家事卻要做得極盡細緻。一部分原因是丈夫的亡妻是半個日本人。單就疊被一件事來說，新婚沒幾天，望著床上已經收平整的蓋被，丈夫冷冷地說，美子有方法把寢具收得更小。

丈夫講給她聽美子的家務系統。丈夫嘴裡，單只換季一件事就是大功夫。夏天涼被、春秋夾被、冬天換上棉被，再裝進陽光烘得蓬鬆的被套。丈夫一邊講解，一邊在月曆上畫大小圈圈。

丈夫口裡的清潔工作更是無底洞，足以吸盡女性所有的精力。剛結婚時丈夫不死心，親身示範給她看，教她雙腿屈張，跪在床上，沾著茶葉水擦涼蓆。幾分鐘後她就開始怠工，眼前似乎有一個穿和服的婦人，或者是她過世的婆婆、或者是那位賢慧的美子，輕蔑地望著她這教也教不會的笨女人。

後來搬來郊區，他們分房，她才順勢告別了那樣的賢妻生涯。

＊

丈夫對她做了什麼？他們對彼此做了什麼？

那一天，她記得自己有多吃驚，當別人的面，丈夫把她貶得一文不值。婚後，丈夫搬進她在東區的小公寓，不久，丈夫在日本留學時的老同學來訪。

兩人坐在竹凳上喝清酒，誇耀地說出一些當年叫出名字的A片女優。談完當年的冶遊歲月，丈夫開始痛惜再婚後喪失的自由。這話題與她有切身關係，她站在廚房裡凝神聽，聽見丈夫誇張地說：「年紀大的女人不能碰，碰上，沾著不放，甩也甩不掉。」她咬緊嘴唇想，甩也甩不掉，說的是誰？她不相信丈夫口裡會說出這樣的話。

「碰上，沾著不放。」丈夫說的竟然是她。

下一瞬，她緊張地盯著看，丈夫手指下意識地彈動，似乎是想要甩落黏在手指上的東西。

混著唾液的口香糖？還是裹在鼻涕裡的鼻屎？而她，就是那團噁心的東西。

後來，她詫異地發現丈夫在她換衣服時特意轉過臉，活像迴避一堆腐爛的肉。從此，她不再在丈夫面前只穿著內衣走動。

再不久，她發現這感官上的不悅像是照鏡子，嫌惡的心理在自己身上也同樣成立。當時她曾對著電腦找答案，一個網站連到另一個網站，她挪動滑鼠，老男人體味的來源是什麼？

她按住滑鼠點點頭，原因是皮膚代謝能力變差，角質部分卻繼續分泌皮脂，氧化後變不飽和醛，產生帶油膩味道的氣體分子。搜索網站上說，這種氣味叫做「加齡臭」。

嗅著家裡飄散的異味，她的眼光四處搜尋，一樓衣帽架上掛了男人出門戴的帽子。她搜到贓物一樣，想著這就是了，網站上讀過，耳後與頭頂是

「加齡臭」最集中的區域。

半夜，除了「加齡臭」，還混著一股衝鼻的尿騷。她不用下樓看，就知道男人正站在馬桶前面。一陣噴濺，然後拖長的一滴兩滴。她咬緊牙，等著一滴尿落進馬桶。等著最後一滴，時間爲什麼拖得那麼長？

＊

氣味只是知覺的表層，底下始終是他們婚姻的困難。

結婚沒多久，她在心裡畫下兩人間的安全距離。離丈夫遠一點，遍布著地雷，觸碰到會被炸得渾身傷。瞪著信箱上並列的兩個名字，她會突然一驚，眞是夫妻麼？與這男人相似的地方竟然如此少。兩人沒有共同興趣、沒有共同朋友，願意與對方分享的部分少得令人吃驚。這麼多年，兩人從不結伴旅行。除非有應酬，兩人也鮮少一起去台北。

好聽是彼此尊重，各自擁有活動空間，兩人的東西也是各管各的。她的試衣間裡，衣服按顏色系統分區懸掛。她建立了自己的收納程序，每年十月底冬裝登場。打開一個個塑膠大箱，簽字筆工整標明「我的長褲」、「我的圍巾」、「我的毛衣」，簽字筆寫的是「我」，這個字專屬於她，沒有其他人被允准用這個字。

衣櫃高處幾個方盒，標著「我的衣樣」、「我的設計」，裡面有剪裁好的紙樣，等著配上適合的布料。這些方盒裝著她的夢想未完成。

她心裡想，不只她，不少已婚女人也一樣，婚姻一旦出現裂隙，回頭來守護本身的完整世界。

只是，與丈夫的關係畢竟是某種內耗，這幾年，她覺得自己老的速度開始凌駕丈夫。鏡子裡，嘴角下垂，旁邊兩弧深深的法令紋，她咬著牙想著，與比自己年長一大截的男人結婚，像綁上一塊大石頭，益發感覺到下墜的速度。

自己正在下墜，她想著丈夫口裡的股票術語「無量下跌」。怎麼樣才能夠止跌回升？她提醒自己應該做些什麼。前幾年，她想過跟丈夫分居。她想著回到城市找間小公寓，還來得及重新開始。關上這扇門，人生就會開出另外的窗，重拾單身的想法讓她那時候充滿鬥志。

對著河景想得亢奮起來，她甚至覺得應該更有企圖心，像溫慶珠、像陳季敏，能幹的女人在時裝界闖出一片天。起步是遲了些，她邊想邊替自己打氣，她記起當年的畢業展作品，評審給的評語是“timeless”，「屹立於時間」？過了中年，她才眞正了解這個字的意涵。正好像多年前 Gap 一系列廣告，瓊．蒂蒂安與女兒穿上當季的套頭毛衣，重點是母女同款，詮釋什麼是不拘時間、無分年齡的品味。她頭腦裡浮現那件母女同款的毛衣，果然，當年的經典，今天看來一點也不過時。所以時間不是問題，自己一點也不過時！

重新起步，還有二度人生，想到高興的時候，她丟下手裡種花的鏟子，在陽台上轉圈圈。她嘴裡哼著法蘭克．辛那屈的 *My Way*，某個意義上，離開丈夫讓自己重新獲得力量；說確切一點，一次失敗的婚姻，正是激發自己的原動力。

這樣的好時光總被打斷，她的好心情不能夠延續。樓下飄上來熟悉的氣味，老男人進門來了。

＊

天際有一圈光暈，是月亮麼？

她睜大眼睛，試圖辨認出遠處山峰的樣貌，近處有些矮樹的枝葉，所以自己是平躺在泥水裡。

樹淹進河中？枝葉露出水面？她側過頭，眼前像是水災後的空拍鏡頭。所以是浩劫，經過了一場浩劫？她努力想著這是哪裡，不遠處一道堤岸，岸邊綁著輪胎之類的東西。她眨一眨眼睛，有一條木板搭的浮橋，直直地伸向河面。

腦袋裡一個念頭，這裡是熟悉的地方。

舔到嘴邊淡淡的鹹味，所以是家附近那片濕地？是不是鹹淡水交接的那一塊潮間帶？恍惚中，她不是那麼確定。水面一陣搖晃，似乎她又回到做學生時的那片廣渺湖面。

她驚覺到，該做的事都沒有做，錯過了時間點、錯過了許多機會。

她是跟我說過創業的事。多年來她大概心裡總有遺憾。我勸她算了。開始那幾年很難挨，小量生產的成本高，起碼弄出二十個款式，才能參加一年兩度的季展。年輕人可以不眠不休、打版打樣，從網購開始創出品牌。我跟她說，難道你跟自己學生去拚，你拚得過麼？

女被害人同事

看相片就知道，善良老實的妻子。我同情她，一看就是婚姻的犧牲者、小三選擇下手的對象。

網友評論

她在意品牌這種事，有時候是太在意了吧。一次聽她說，結婚時高跟鞋選的是Roger Vivier，她還興奮地告訴我，後來劉嘉玲婚禮也穿那一牌高跟鞋。

服裝設計師／女被害人研究所學姊

IV

轉角，那個轉角

每一回，從洪伯家走出來，佳珍總覺得口渴，需要灌下很多的水。

佳珍從來不知道老男人的手指可以做這麼多事。

佳珍聽著自己嘴裡發出聲音，在應和老男人的問句，「還要不要？」「要。」「還想不想？」「想。」

自己正發出可恥的聲音，她在嘴裡哀求，更多更多更多。佳珍望著自己在後面梳妝鏡裡的那張臉，淫蕩的表情，她渴求更多的快樂。

一陣陣觸電般的抖顫，手臂冒出雞皮疙瘩。老男人不行的，但老男人靈巧地在用手指，她分不清是哪一根手指？佳珍咬著下唇，不讓自己喊出聲。若是叫出聲音，慾望只會更加熾旺。

*

那時還沒有認識憲明，天氣已經燠熱起來。那一天晚上，佳珍沿著河一路快步走，走向洪伯住的社區。洪伯等在門口，洪伯從佳珍身後邊掩上門。

那是第一次，佳珍在夜晚走進去洪伯洪太的家。

當時站在租屋門口，佳珍用鑰匙鎖門。她一邊跟自己說，很快就回來，需要出去走走，只是出去透口氣。

在一個鐘頭前，佳珍才從店裡走回自己的租屋。靠近租屋時佳珍步子愈來愈慢，她並不急著爬樓梯，進去這間頂樓加蓋。

開了門，佳珍總是先打開窗，讓熱空氣出去。接著用遙控器選台，電視機裡一陣聒噪。佳珍脫下鞋，光著腳坐到床上，她很確定，從這一刻到夜晚睡下，除了連續劇的情節繼續推進，沒有事發生，跟自己有關的事情都不會有任何進展。

佳珍租屋很小，進出不容易旋身，占最大地方的就是床。茶几、矮凳、老舊的電視機都屬於房東所有，佳珍帶進來一個塑膠衣櫥，中間有一條長拉鍊那種。暫時不穿的衣服用繩子捆成方方一疊，當季的衣服一件貼一件平放，在衣櫥擠成一堆。五分埔新買的一件，掛著還沒穿過，已經飄出淡淡的霉味。佳珍懷疑是買回來時就有霉點在上面，遇到多雨天氣，白霉又重新長出來。

這間租屋是五樓公寓的樓頂。四周沒有屏障。冬天寒風長驅直入；四月五月以後，陽光直接曝曬，鐵皮屋頂熱得燙手，入夜才漸漸透入涼氣。除了冷熱溫差，其他並沒有什麼好抱怨。地點靠近咖啡店，屋頂不會漏，隨時可以開電熱器洗頭髮，佳珍告訴自己，這是支付的租金範圍內最好的選擇。

佳珍唯一不滿意的是那間浴廁。地磚縫隙總是刷不乾淨。佳珍每次瞪著凹下去的縫隙都在想，一塊塊地磚之間，褐黑色的污漬是些什麼？

馬桶經常堵塞，按下沖水把手，一灘黃水漫出在地面上。髒水是從化糞池冒上來？會不會混著別人家的尿液、糞汁，說不定髒水裡還泡了沾經血的衛生棉。佳珍瞪著鐵鏽的馬桶把手，總會疑心髒水裡又漫出什麼，自己的腳板會不會剛好踩下去。

馬桶堵住，蒼蠅嗡嗡地飛，佳珍跟房東提過幾次，房東不打算修，這問題始終沒有解決。

佳珍剛剛又倒進去一罐「通樂」，鼻子裡還是聞到異味，佳珍忍住臭氣，扒下便利店帶回來的泡麵。上下一趟樓梯，把辣油包、調味料一堆食餘丟進公寓的橘色大塑膠桶，整晚的事情已經結束。佳珍抱著膝蓋靠在枕頭上，怔怔望著對面公寓的燈光。

佳珍從床上往窗外望，對面公寓中有一戶，跟附近的人家不一樣。陽台經過改造，看起來隔成兩小間。綠色雨遮底下，窗框漆成新鮮的白，灰灰的舊公寓之間顯得特別亮眼。

圖片上看多了，白油漆的窗框讓佳珍聯想到地中海，陽台改建的房間掛了個通風扇，佳珍想著熱油下鍋的聲音。

佳珍想，擺在飯桌上，應該是熱騰騰的飯菜。過一會，一盞燈亮了，代表有人走進側邊那一間屋，窗邊一圈光暈，亮了，更亮了，應該是在扭轉桌上的調光檯燈。孩子飯後在窗前開始做功課了吧，佳珍默默地想。

那時候手機響了，是洪伯的電話。

後來，關掉屋裡的電視，佳珍拿了鑰匙就走出租屋。

＊

那是第一次，佳珍下班後走向洪伯住的社區。

心撲撲跳著，佳珍低著頭往前走。沿著河邊的單車道，蘆葦長得很高，影綽綽的暗黑一片。蘆葦叢中，只聽見某種高頻率的聲音，穿透她耳膜。

這一帶沒有路燈。一盞車燈朝向她，她慢下腳步，短暫地錯身，騎士的身影消失在黑暗裡。

右轉進巷子，轉向洪伯家的社區之前，佳珍遠遠看見彎曲的彩色燈管。咖啡杯造型的ＬＥＤ燈，方哥放在店門口的標誌。到夜晚，那是整個三角地形最醒目的一點光。

那個轉角，咖啡店與洪伯住的社區間，窄巷變得陌生。站在那裡，佳珍有瞬間的失神。

這種感覺會突然浮現，有時候是走著走著迎面而來。座標消失了，收不到導航的訊號，沒有光，霧在四面八方流動著。佳珍站在一片迷茫之間，該不該繼續走下去？

很難讓人理解，怎麼向別人解釋這突如其來的失神狀態，回頭？還是繼續？那瞬間，佳珍只想要在原地蹲下去，心裡是找不到家的迷茫感覺……

那一天，洪伯下午就在咖啡店裡提說洪太不在家，晚一點到家裡來喝杯酒。

*

當時聽著洪伯邀約，佳珍心中一動，火光閃爍著，小小的聲音在示警。人心是奇怪的機制，示警的聲音是驅使人逃離危險？還是奔向危險？當我們的遠祖還是獵人，猛獸撲來的分秒，獵人眼睛充血，腎上腺素的分泌激增，獵人拿起棍棒，迎著猛獸奮力反擊。

佳珍身體裡，閃爍的星火讓神經傳導加速、末梢血管收縮，意識到危險的一瞬間，危險同時讓人亢奮。心撲撲跳著，星火會不會燒成燎原的大火？

那晚上，佳珍走下公寓樓梯，蘆葦叢中傳來聲音，聽到的是蛙叫？雁鴨在低鳴？魚在水裡翻跳的聲音？

偶爾靜下來一瞬，聲音又周而復始。

轉進洪伯住的社區之前，巷子愈走愈狹隘。經過廢棄的碾米廠，佳珍被地上的磚塊絆了一下。她怔了怔，有幾秒鐘的迷茫。半晌又繼續走，再沒有停下腳步。

黑暗裡，佳珍一路急急地走，晃動著雙臂向前邁步。

＊

後來，佳珍也問過自己許多次，那晚上爲什麼過去？

從小，佳珍會做一些明知不應該做的事情。小學二年級，爲了小叮噹的鉛筆盒，她答應坐在那個叔叔腿上。

那一天，叔叔起先在噴水池旁閒逛。後來，繞過來跟這個小孩說說話。接下去，叔叔手搭在佳珍肩膀上，兩人一起過到對街，一人一碗滷肉飯。接著又轉進麥當勞，佳珍手裡握了好大一包薯條。

幾天後，叔叔牽著佳珍摸黑進去電影院。後排的位子，叔叔靠過來摟著她。幾分鐘後，叔叔的手在佳珍光裸的大腿上遊走。

坐在電影院裡，佳珍沒想過抗拒。佳珍緊張地閉著眼睛，一、二、三，快快想像自己是隻小貓咪，濕淋淋地在雨中。電影院冷氣很強，被叔叔的臂膀緊緊夾住，是不是正幫小貓咪擦乾身上的毛？佳珍並不討厭這種親暱的動作。

更小的時候，佳珍已經發現這個祕密。阿爸從田裡抬回來，佳珍蹲在僵冷的身體旁邊，佳珍閉起眼睛，一、二、三，數到三，最難忍受的時刻都會過去。

一、二、三，數到三，眼裡的淚水已經嚥回去。

佳珍告訴自己，一、二、三，阿爸在跟自己玩「木頭人」的遊戲。張開眼睛，阿爸已經從壁櫥裡走出來。

叔叔的手指繼續滑動，大腿縫裡有陣搔癢，小小的佳珍閉起眼睛，數一、二、三，難受的時刻，都可以一點也不難受。成年男人的體味包圍過來，佳珍想著，自己記起的，會不會正是躺在阿爸懷抱裡的感覺？

佳珍記不清楚阿爸的長相，她知道有一件阿爸穿過的皮夾克，阿母仔細收在箱子裡。「恁那死阿爸，緣投欸！」阿母說著，聲音有一種難得的溫柔。阿母好臉色的時間不多，氣起來，拿著棍子後面追：「壞查某，不學好，給恁阿爸卸世卸眾。」佳珍從小就眼見阿母的辛苦，趕早起來顧攤子，中午到別人家幫傭，很晚才回家，半夜還在準備清早要賣的米粉湯。這樣仍然不夠錢，月底門口站著討債的人。阿爸欠了大把錢就走人的緣故。

＊

「新買的啦。」指指課桌上的鉛筆盒，佳珍帶點驕傲地說。

佳珍其實不清楚，當年，希望的是鉛筆盒？還是從書包裡拿出新鉛筆盒，同學們羨慕的眼光？

她聽見同學們在悄悄話，哪裡來的？沒有半毛零用錢的人，用什麼去買？

同學堵在佳珍課桌前，就是要她說出來。「說，跟我們說，買鉛筆盒的錢是偷來的！」綽號叫尖頭的男生凶巴巴地問。

有群女生拉佳珍到一旁。那一刻，每個女生都對佳珍很和善，每個女生都好像是佳珍的好朋友，目的是騙佳珍講出答案。

佳珍把桌面上的鉛筆盒收進書包。望著同學們急於知道祕密的眼光，佳珍心裡浮起異樣的滿足感。

*

「叔叔，你做我的爸爸好不好？」佳珍緊緊勾住叔叔的胳臂。

四周暗下來，叔叔抱她坐在大腿上。一陣劇痛，佳珍咬緊口唇，努力不要叫出聲。叔叔太用力，佳珍下體滲出一點點血水。

「有沒有怎麼樣？」叔叔事後關心地問。下次見面，佳珍多了個凱蒂貓的後背書包，拉鍊那層放著六張一百元鈔票。

「佳珍乖，告訴我，還想要什麼？」叔叔柔聲問。

可口可樂、小叮噹掛飾、漫畫風的貼紙、附有小圓鏡的鉛筆盒，以及大M標誌裝糖果的玩具、捲筒上半融化的霜淇淋，還有從鏡子後面突然現身的阿爸，那是佳珍想要鑽進去的旋轉門世界。

*

走出漆黑的電影院，佳珍牽叔叔走在店鋪騎樓下。佳珍常用手肘觸一下叔叔的皮帶，佳珍喜歡皮帶鎖頭暗暗的金屬光澤。

佳珍握緊叔叔的手，「這是我舅，我阿母的小弟，台北回來。」佳珍在心中想了許多次，街上碰見同學，就這樣說。

佳珍喜歡叔叔身上的汗氣。坐在男人膝頭上，佳珍總在想像阿爸走在黃昏的田埂，渾身散發出同樣的氣味。

「叔叔愛你，愛的是你，不必讓別人知道。」撫弄著她薄薄一層嫩毛的後頸，叔叔跟她說。

「我們要學會保守祕密。」叔叔跟佳珍勾勾小手指。誰也不能說，這是屬於兩個人的祕密。

「愛你。」許多年後，坐在浴缸裡，毛巾在背上搓揉著，耳朵後方有溫暖的氣息，佳珍聽見洪伯輕柔地說。

兩人之間的祕密！勾著小指頭，童年的佳珍認眞地點頭。

＊

或者不只佳珍，所有孩子都有這類焦慮，害怕失去安全、失去別人的信任、失去家裡大人的關愛。然而與佳珍比起來的差別在於，我們並不知道什麼叫做眞正的匱乏。

生在加勒比海的牙買加・琴凱德在《我母親的自傳》裡寫道：

「如果靠近一點，或者你會聽到，她輕輕說著，沒有人愛我，我不知道幫我洗澡是不是就是愛，我不知道幫我輕洗身體，輕柔地擦拭我的乳房、大腿前後、膝蓋內外，是不是就叫做愛。我不知道在濕透的時候幫我擦乾，飢餓的時候餵我吃飽，我不知道是否就是愛……」

沒人愛過她，佳珍不知道什麼叫做愛。

每個人內心世界都潛藏一位殺人凶手，看是馴化還是任其出柙。犯罪者除了是非觀念薄弱，也因爲人生多負面經驗，沒經歷過什麼值得的好事。

監獄教誨師

期待驚悚的情節、驚異的轉折，最好她不是眞凶，沒人料到的眞凶原來躲在幕後。類型小說讓人養出奇情的胃口，讀者期盼奇情的人生，儘管眞實的人生不是那樣。

讀書會成員

當事人那晚上爲什麼答應去被害人家裡？我相信，其中有了解案情的一把鑰匙。只可惜律見的時間太短，沒有問出答案。與當事人的默契仍然不足，我還沒有找到那把鑰匙。

被告辯護律師／手記

法官問，對於下列資料，有何意見？

1 被告於○○國小、○○國中、○○補校的學籍紀錄

2 ○○咖啡企業薪資列表、歷次升遷調薪紀錄

3 勞工保險局函，載明被告截至案發日的投保紀錄

檢察官答，沒有意見。

被告辯護律師答，沒有意見。

審判程序筆錄

新北市　淡水河畔　三月十五日　晚間十時四十分

躺在淤泥裡，耳朵裡彷彿聽到腳板撥水的聲音。

她記起來，那晚上朝自己游過來的矯健身姿。她記得當年在課堂上，對著下過水的單寧布，隨手裁出一條男人工裝褲。

布上割開一道縫，拉出幾根線頭，作爲鬚鬚的切口。她想著那精實的腰身、男人大腿上一塊塊的肌肉。這麼多年，她沒有忘記那晚上心裡的洶湧感覺。

*

河水輕輕盪漾著，這一瞬，傷口完全停止了疼痛。

迷迷糊糊地，她想著跟衣服有關的事。

「有破洞怎麼辦？萬一在手術台上掛了。」一位朋友說。

那次是一群女人聚會。朋友說，每天出門前，一定檢查內衣。朋友說，並不是完美主義喲，只是萬一仆倒在地，或者躺在擔架上，讓人瞥見一個破洞，多麼糗。

聽著，一群女人笑得很開心。

一邊笑，當時她帶點澀意地想著，費心選一件內衣穿上，按理說是爲了意外的邂逅，心裡存著期待，今天在外面會碰到中意的男人；而對她們這種過了盛放期的熟女，仔細檢查的理由竟是不知道自己在什麼狀況下倒下去。

自封爲內衣控，碰到有額外收入，開會有出席費什麼的，她總是去百貨公司挑幾件。多年下來，她有幾個抽屜的名牌內衣。

一個人睡覺她同樣不含糊，她穿連身襯裙當睡衣。她喜歡襯裙在身上的柔滑感，兩條肩帶若有若無，平躺在床上，小腹塌下來，眞絲貼著身體，像第二層皮膚，有人這麼說。

這一刻在水裡，內衣濕透了，冰涼地貼在胸口。她突然希望有人伸過來一隻手，把後背的鉤扣鬆開。

她想著這樣的事，豈止內衣，怕是連生活的內裡都要掀翻出來，由著別人檢視。

*

她模糊地想著，發生了什麼？婚姻裡出了什麼事？線頭沒有收齊、布邊沒有鎖住，這場婚姻一開始就是應該退貨的瑕疵品。第一年已經大事不妙，丈夫忘記她生日、錯過了初次相遇的日子，她在意的事丈夫都不放在心上。結婚週年慶，她的夢想是禮物盒子擺在妝台前，撥開柔軟的棉紙，裡面一件「仙黛爾」，「It may be a detail, but it is a Chantelle.」卡片上幾個英文字，適時且押韻，含蓄而挑逗，百年品牌的廣告傑作，符合她心裡的浪漫場景。

那是婚後多久？她漸漸認清楚眞相，丈夫連一句好話都懶得對她講。或許是失望次數多了，她終於死掉那條心。迎著丈夫望過來的冷漠眼光，她會覺得自己是該下架的過期品，該丟棄的黑心貨，不，簡直是該掩埋的核廢料。她想不只丈夫，女人過了某個年齡，在所有男人眼裡，不再是一個女人。或者說，是不是女人已經無關緊要。

颱風的晚上，一個人睡在床上，她期待上樓的腳步聲，問一聲就好，睡得好不好？就算是……過來哄哄她也好。到冬天，她夜半醒來，腳趾僵住了，小腿肚透骨的冰寒。陽台對著季風的迎風面，傳來獵獵的呼嘯聲。側身裹緊被子，她希望身邊有另一個人。夜裡潮氣重，她需要一點熱呼氣，和著另一個人的呼吸，她會順勢靠過去。這種時候，禿頭上油漬漬的氣味，在又濕又冷的冬夜，其實，她不會那麼在意。

＊

一個人半夜睡不著，她會打開床頭櫃，拿出酒瓶。

CD盒裡整套《慾望城市》，電視螢幕上看了又看，她噙著淚回味年輕時的狂恣光景。

當年，她讀的設計學院靠近湖邊，靠湖的舊宅邸隔出一個個房間，分租爲學生宿舍。後院有下到湖邊的階梯。那夜，念書累了，想著湖水清涼，她換上泳衣，順著階梯往湖邊走。

她只是稍會游泳，望著黝黑的湖面，不知道該不該伸長手臂，向著湖心游過去。

湖裡有水聲，一對腳板在撥水。撲通通接近岸邊，露出一頭滴水的棕髮，原來是隔壁房間的大學生。她讀研究所，總覺得同住一棟房子的大學部學生整天開派對，都是些寵壞的大男孩。

大男孩說了聲「嗨！」朝她游過來。牽起她的手，帶著她慢慢向前游。後來她仰躺在水面上。

大男孩用手托起她的腰，她手腳一點點地放鬆，在湖水裡仰漂起來。

接下去幾個星期，她常在立體剪裁課上放下剪刀，對著桌上的男裝紙樣生出綺思。

老師的聲音掠過耳邊，她逕自在想隔著泳衣傳輸來的熱度。

*

她以爲那會是愛情故事的開端。接下去，滿懷希望的日子，她期望那位大男孩再來找她。

她豎起耳朵等。等待腳步聲在自己屋門口停住。從來沒有。

耳朵貼住牆壁，隔壁床上是不是有一個女人？咿咿哦哦地聽不清楚。她心口一陣狂跳，聽見的是不是讓人臉紅的那種聲音？

她想著同在湖裡那晚，大男孩其實沒有放心上。只是一時興致，教怕水的女人仰泳技巧。上岸就忘了這事，倚著她房門說聲哈囉的意願都沒有。

畢業前一個晚上，她脫下鞋子，一步步走近湖邊。想著今後只好斷念了，那瞬間，對著天邊幾點疏星，她面向湖心放鬆手腳。

後來，她在湖上漂了很久。

那段歲月過去後，她怨怪過自己，爲什麼不採取主動？她大可以等在門口，裝作出門時恰巧碰見；或者敲敲隔室的門，再約著一起到湖裡游泳。她沒有把握機會，愈在重要的時刻，她愈是缺乏勇氣。夜泳那一晚，身上那件泳衣，都是最古板的連身款。

那是她記憶裡僅有的狂恣，還沒開始就已經夭折的初戀。

*

生命前半段發生的事，她無法與丈夫分享。丈夫對她的一切都缺乏興趣。其實不能夠怪丈夫，她對丈夫也是一樣，有幾次丈夫開了頭，眼看要說起早年的事，她制止丈夫說下去。

她擔心的是丈夫開口提起那位美子。只知道得的是乳癌，病得如何，拖了多久，她一點也不想聽。

好像那種病會傳染，她迴避跟丈夫前妻有關的話題。

她不想與那個女人產生任何關聯。她聽人家說過，說是喪妻的男人命硬，剋！聽多了會嘀咕，她害怕與那女人有同樣的命運，或者與那女人墜入某種循環，一不小心，自己又會成爲補位的下一個。

＊

剋？到頭來，她想著眞會被老頭子剋到。

想想不甘心的是，她死了，老頭子又可以新娶。這個世界上女人總是供過於求，婚姻市場上，男性永遠是強勢貨幣。

這些年她看了太多，與自己年齡相仿的女朋友過世，丈夫當時哀傷一陣，沒多久又娶了年輕老婆。公車上遇見，男人秀出手機上的寶寶照片，男人興沖沖遞過來手機，要她對著照片仔細端詳。她隨口敷衍，想著眞是新婚樂昏了頭，忘記了她是誰的朋友？那一瞬，她爲那位亡妻備感不值。

她接著又安慰自己，不會是這樣的結局。以兩人的年齡差距，走在老男人前面的機率非常低。

爲什麼腦袋繞著這樣的問題？

經常是老男人不在家，家裡很安靜，她一個人對著河景胡亂想。接近黃昏，河邊起了風，陽台傳來枝葉掉落的聲音。她站起身，把陽台拉門關上。河水盪漾著，暮色愈來愈沉。拉門關了又開，她不時到陽台上眺眺。天黑了人還在外面，這種時刻她會有些不安。

*

每分鐘低頭望望手錶，多希望聽見熟悉的腳步聲。

她站在陽台往下望，丈夫是不是正從那條小路走回家？

想著這不服老的老男人，總別出什麼差錯才好。年紀大，眼睛也看不清，回家時會不會掉進河裡？擔心的時候，她習慣往壞的地方猜疑。

天愈晚，她的心愈亂。在外面滑一跤，撞出瘀青還算小事，她焦急地想。

門口出現腳步聲，她總是先一步上三樓。

半晌，經過樓梯口，她敞開喉嚨吼一句：「回來了？我在跑步機上。」聽到男人答腔，冷冰冰加一句：「冰箱有剩菜。你餓就熱熱吃。」

她只是需要確定，男人已經回到家。她告訴自己，當作樓下住著不繳房租的房客，房客平安到家，她在樓上睡得比較安穩。

＊

河水正在退潮？水筆仔根部露了出來。躺在泥裡看，枝葉在夜色中顯得特別蒼鬱。

她瞇著眼睛往高處望，現在是幾點？月亮升高了？旁邊綴著幾顆黯淡的星辰。爲什麼自己躺在泥沼裡，周圍都是水窪，做了個夢麼？

河水在不遠處輕盪著，她瞇著眼睛往對岸張望，認出高壓電的鐵塔。鐵塔後面更渺遠的地方，濛濛的一輪月，大屯山的線條完整地呈現出來。

被害人體內檢出Zolpidem成分。Zolpidem作用快，迅速誘導睡眠。
用於助眠時，最高劑量不可超過十毫克。

藥物鑑定報告

法官問，對於下列證物，有何意見？
1 含Zolpidem成分的粉末，盛裝粉末的膠囊。
2 寬柄水果刀一把，呈現血跡反應。
3 被害人所屬女用皮包一個、花格外套一件。
檢察官答，沒有意見。
被告辯護律師答，沒有意見。

審判程序筆錄

系上同事大部分理工背景，像我工程出身，專長是奈米科技；系裡也有名校的化學博士，專長是著色工程。上次聽她在系務會議上提出的建議，才發現念設計的畢竟不同。這樣說好了，念設計的，在我們系恐怕難以施展。

女被害人同事

V

願望的距離

清雲路、金城路，坐在法院的警備車上，佳珍望著那些陌生的路名。路上的人急匆匆地走，煞住的摩托車等不及綠燈已經起步。有人上班、有人上課，對路上行人，只是平常的一天。

車子轉進看守所之前，佳珍帶著依戀地一家家數，「蝦之狂」、「霸味羊肉」、「巨星流行廣場」，騎樓下有人口裡咬著麵包，有人拿著從便利店買的咖啡，人們走在日常的軌道裡。

看在佳珍眼裡有些不解，身上發生那麼大的事，陽光竟然一樣燦爛，這世界沒有任何異狀。

世界繼續運轉，河邊單車道上變速車騎得飛快，菜籃車慢些，最慢是後座載了孩子的協力車。出來郊遊的一家三口，媽媽把著龍頭側轉身，叮嚀後面的孩子不要亂晃。

只是平常的一日。

如果沒有發生這件事，這個時間，佳珍應該站在店裡，點數送進來的起士蛋糕。她會記下數目，把不同口味的蛋糕分層置放。

＊

事過之後第二天，對佳珍而言，時鐘走得特別慢。手停在洗碗槽裡，跟洪伯有關的畫面突然湧現到眼前。佳珍告訴自己快快數一、二、三，心念轉一轉，畫面轉瞬就會消失。

客人陸續來，又陸續推門出去。時鐘一格格走，佳珍挨到了黃昏。她關燈，鎖好門，一陣奇怪的怔忡，她停在店門口片刻。

下過一陣小雨？泥地浸過水，踩一踩，腳底下有濕答答的感覺。河面的風颳上來，鼻子裡竄入濃濁的氣味。

這是塊三角洲地形，水流的方向在咖啡店前繞了一個彎，凹處淤積著破布、報紙、寶特瓶、舊輪胎等一堆雜物。若是有人走近看，佳珍想，還會看到什麼？佳珍轉過頭往濕地望，爛泥巴往河裡流，泥水淌成一道褐黃色的溝渠，與河中間的清澈水面很不一樣。

從咖啡店走回租屋，平常佳珍總會一路數，地上橫著幾根枯枝，路邊有掉落的灰白鳥羽，河岸沙地一個個坑洞，那是寄居蟹留下的痕跡。工作完畢，轉緊的螺絲需要鬆開，對佳珍來說，河邊小徑是冥想的時光。這天下班的一段路，佳珍卻走得喘不過氣。車道右側一叢一叢蘆葦，白茫茫地讓人心悸。旁邊廢棄廠房牆壁上，不規則地掛著幾台抽風機，門上是血跡一般的暗紅油漆，刷了「檳榔」兩個字。

租屋近了，單車道更顯荒涼。繼續往渡船頭方向，佳珍知道，密林深處有一片亂葬崗。

佳珍盯著腳尖一路直直走，迷失的感覺回來了。她不敢把目光投向河邊。水裡，會不會突然冒出一隻掙扎的胳臂？

一邊快步走，佳珍想到的是店裡的光景。每個人進門都抬起頭張望一下，她等著洪伯那雙大皮鞋的聲音。怎麼還沒來？一邊擦拭咖啡機，佳珍偷眼望向洪伯常坐的座位。直到熟悉的腳步聲響起，佳珍才覺得篤定。

她等著那聲「嗨，店長」。滿臉興奮的老男人，面向自己走過來。

＊

像個情竇初開的國中生，像個掉進情網裡的青少年，注視著佳珍，洪伯眼中有一把火。

「可以看到你，我什麼都願意做。」老男人說，語氣在乞憐，可憐可憐被熱情碾磨的一顆心。

伸過手，握住佳珍。老男人把佳珍的手拉向胸前，一字一句地說自己願意放棄所有。所有的一切，都願意攤在佳珍面前，只要有機會見到佳珍。

「讓我幫你開家店，像現在一樣，每天下午到店裡喝咖啡。」掛著黑疣的前額發出亮光，老男人在懇求。

臉上帶著熱切的表情，這一刻是要告訴佳珍，決定了，甘願在巨浪裡滅頂，無論被暗湧捲到水底、被身旁的急流沖下斷崖，或者被一塊浮木上的釘子拖曳得滿身傷口。已經下定決心，老人混濁的眼珠內，現出令人驚詫的堅毅。

望著老人被熱情點燃那張臉，佳珍有瞬間的迷惑，這是不是，父親對女兒，寵溺的、全然給予的、沒有條件的愛，是？不是？佳珍半晌才回過神。

洪伯窄小的床墊上，佳珍有很多時間注視老人褪下衣服的身體。大腿與小腿一樣粗細，胸口底下的肋條凸出來，肩胛向前悲哀地微彎著。她目注洪伯裸露出的兩片肩胛，失去了肌肉的裹覆，著衣時看不出來的，無比空洞的形狀。肌肉某一日開始往下墜，化整為零一路流失，像煮咖啡算時間的沙漏，隨著年歲，在小腹處堆疊成鬆軟的沙丘。

佳珍靜靜地想，老人身體，竟是這副模樣。

望著佳珍，洪伯急不過地繼續說，小愛，你是我的愛，最寶貴的東西，我不會放手，沒有你，一天也不值得活。

＊

對這個老人，是厭棄？同情？還是其他說不清的什麼？

是被巨大的熱情所驚動，或者被洪伯的勇氣所震懾了吧，心裡的那份迷惑回來了，那一瞬間，佳珍失去了抵抗能力，她又重回到那個想要獲得愛的孩子。無論男人想對她做什麼，溫柔的觸碰、粗魯的搓揉，或者被擒住手腳，讓她感覺到劇烈的痛楚，佳珍只會由著事情發生。那個瞬間，佳珍回到那個渴望阿爸的小女孩，無論怎麼樣對待她，她不能夠說「不」。

不能夠說「不」，黑漆漆的電影院，佳珍坐在叔叔膝頭上。

碰觸到佳珍內心深沉的那份迷惑，不管是叔叔、是洪伯，不管這個男人想對她做什麼，她會輕易讓男人得逞。

＊

人心是奇怪的機制，擅於更改記憶、製造不在場證明，像跟著一塊巨大的橡皮擦，一路把腳印擦拭乾淨。佳珍不曾問自己，是不是給過洪伯錯誤的訊號？是不是助長過洪伯迥異於常人的心思？

出事之後第二天，對著那張洪伯常坐的高腳椅，佳珍被突如其來的一個念頭絆住，自己是不是根本弄錯了？

前一年聖誕前夕，佳珍在電話裡傳達方哥的意思，店裡辦聯歡晚會，慰勞辛苦的同仁，只請一位嘉賓，當然是公認的「咖啡店之友」，請洪伯來店裡共襄盛舉。店裡的人都知道洪伯一定答應，慈祥的老北北對佳珍是有求必應。

那天，洪伯掛上棉花球黏的白鬍子，帶來一大袋禮物。長桌拉開，方哥訂的烤火雞放在桌上，桌中間一盆盛開的聖誕紅，咖啡店充滿節慶氣氛。方哥與洪伯一頭一尾是主人座。佳珍坐洪伯右邊，頻頻爲洪伯倒酒，佳珍不忘給自己斟一杯。

佳珍注意到拆禮物時，同事謝過洪伯，總會對洪伯旁邊的自己也點頭說謝謝。那一刻，帶著點酒意，佳珍誤以爲這是自己新開的店，生出本身已是店老闆的錯覺。

*

那段時間，佳珍有多少這一類的錯覺？有些時候，連她自己也迷惑著是不是心裡眞切的感受。

聖誕節過後，一天下午在咖啡店，洪伯喝完第一杯咖啡，起身說今天要早離開。

「她在等我，她父母到了台北，要跟她家人聚餐。」洪伯聲音很低，對過來添水的佳珍解釋。在佳珍面前，洪伯很少提起家裡的事。說到自己太太，洪伯一向很簡短，總用「她」這個代名詞。

佳珍帶著笑，格外殷勤地說：「急什麼？再喝一杯才走。這一杯，我用比利時壺幫你做。」

「今天沒有時間。欠著，明天怎麼樣？」洪伯的語氣顯得爲難。

「那用虹吸壺做，比較快。」佳珍到中島後面，自顧自開始做咖啡。

洪伯看看錶，走到收銀機前付錢。

店門推開又關上，洪伯出去了。那一瞬，水由虹吸壺底沸騰上來，熱氣沖向佳珍的臉龐。佳珍漲紅了臉，心裡湧出奇怪的惱意。

＊

第二天，洪伯拿了一對葡萄串形狀的金耳環給佳珍。

「有些重量，」洪伯討好地望著佳珍，又小聲說：「她耳垂長皺紋，一條縱線，裂得愈來愈明顯。有重量的耳環，拉力大，沒辦法戴。」

想著另一個女人裂出皺紋的耳垂，佳珍覺得噁心，但還是接過來，隨手放進衣袋。

回到自己租屋，拿出酒精棉擦拭乾淨。佳珍對著鏡子，那根針穿過耳洞，把耳環戴在自己耳垂上。

耳環的針嫌粗些，碰觸到耳洞周邊的肌膚，有摩擦的刺痛感。

明明已經用酒精擦拭過了，想著這副耳針緊貼著肌膚，也曾這樣穿過另一個女人的耳洞，佳珍急忙又摘下來。

*

之前，跟著洪伯，佳珍進去過一次洪太的試衣間。

打開壁燈，佳珍抬頭看著，裙子、長褲、洋裝、套裝按色彩系統排列。櫃子的方格裡放鞋子。一個一個皮包用透明塑膠袋裝好，放在鞋櫃最上層。佳珍伸手觸摸那些掛在衣架上的衣服，一陣陣果木的清香。怎麼有人把衣櫃弄成這樣？佳珍在心裡驚嘆。

站在衣櫃前，佳珍注意到香氣的來源。那是一些乾燥花碎屑，小缽裝著，放在裝鞋的方格層。

後來，佳珍把腳丫擠進一雙有金扣環的高跟鞋。踩著這雙鞋，佳珍左右旋身，單隻腳離地轉一轉，有照相機等著捕捉鏡頭似的。穿衣鏡中看起來，整個人都添了幾分氣質。

站在試衣間前，佳珍怔怔地想，爲什麼，有些人不費力氣就擁有這麼多。多年來，屬於佳珍想不通的問題，平平都是人，爲什麼有些人生來就好命？從小有爸爸、有媽媽，家裡有大人在等，飯桌上有擺好的碗筷。累了或者餓了，向著那盞門燈奔回去。

阿爸死後，阿母去別家幫傭，佳珍記憶裡，再沒有人等自己回家吃晚飯。

＊

競爭心？好勝心？站在洪太的穿衣鏡前，都不是準確的字眼。妒忌？羨慕？這一類心情起伏，佳珍不會讓別人知道。

參加「旅北校友會」就最明顯，會報名的都是在銀行、企業界、科技公司上班的同學。佳珍每次去，坐的一定是角落的座位。

收到校友會通知，佳珍總是最晚一個報名。每次她都猶豫，這次要不要去。選的都是東區的餐廳，見面又一定要談吃，佳珍不喜歡顯出自己的不足。報名截止前，佳珍還是決定參加。她告訴自己，坐在那裡，就代表沒有落後任何人。

跟同學們坐在一起，佳珍會被迫得撒點小謊。沒去過的餐廳，佳珍皺皺鼻子說：「網路票選前幾名，吃了沒怎樣。」事實上，臉書上的美食畫面、瘋傳的人氣餐廳等等，佳珍都覺得非常隔閡。

上次聚會，同學聊到咖啡的話題，佳珍忍住沒開口。沒有同學知道佳珍在咖啡店工作，雖說方哥河邊的店標榜著品牌創意，就好像在百貨公司當櫃姐，無論專櫃賣的什麼名牌，跟這群同學比起來，職業就是有點low。

佳珍不提工作的事，倒是有機會就想提起憲明。找到一個時機，佳珍表露自己有穩定的對象，還特意強調那個人正在念研究所。一群女生「喔」了幾聲，下一分鐘又轉入其他話題，讓佳珍頗爲失望。

坐在同學堆裡，佳珍常覺得自己屬於另一個世界。同學們的熱門話題，佳珍不知道怎麼接嘴。有人對著同學身上的T恤品評，說是原宿的品牌在這附近有店，又說這牌T恤的設計靈感來自《人猿星球》。這麼醜的猿人臉叫「潮」？竟然有人自願穿在胸前？佳珍想，會買這種東西的人，跟自己眞是星球與星球的距離。

講到「咖啡店」，同學都用 Café。這一點佳珍倒是記牢了。佳珍覺得Café很有 fu，將來的店名可以考慮。方哥老老實實用「咖啡店」，比起來顯得土氣。

望望身上的牛仔衣，佳珍很後悔挑了這一件，地攤買的東西跟周圍環境就是很不搭。其實，只要來到東區就讓佳珍有種不安。剛才來早了，佳珍到周圍店裡逛了逛，看看價錢，提不起勇氣去試穿。佳珍弄不懂，店裡的顧客與自己年齡差不多，卻都拎著新買的衣服走出去。想到這類的事，佳珍心裡總會不平衡。其實，坐在同學中間的感覺也一樣，像是幫人辦婚禮的那位，明明長得不怎麼樣，也不如自己肯吃苦，憑什麼輪到那麼好的運氣？

佳珍覺得這樣的想法很洩氣。她挺直了背脊想著，幾年後，等自己的Café 開張，會請同學們來店裡，到時候就會介紹說，杯子有來歷，這裡每一隻，都代表我跟我另一半旅行過的城市。

佳珍把這些藏進心裡。佳珍認爲祕密不能說出來，就好像願望不能夠讓別人知道。她相信，願望一旦說給不相干的人聽，就永遠不會實現。

剛聽說這件事，她臉書還沒來得及撤，我上去看過，相簿po有她站在聖誕老人旁邊那張合照。

不知道後來的事，會以爲相片上她的笑容發自內心。

網友評論

那天是我抽中大獎，捧著禮物照了好多照片。我至今不明白，店長怎麼會對慷慨又善心的老北北下手？

咖啡店工讀生

我是有夢想的人，咖啡店就像個大家庭。當時誰要是告訴我，我的店長會殺人，我死也不信。

咖啡店主人

讀《蘿莉塔》這本小說，讀到「照亮我生命的光，點燃我情慾的火，我的罪惡，我的靈魂。」形容老男對少女的痴愛，我大為撼動。

誰說年齡相距大就是罪惡？就會敗德？我認為，其中一定有純情的部分。

文學院學生

新北市　淡水河畔　三月十六日　凌晨二時十分

她睜大眼睛，水一點點地淹高起來？對岸的燈光盪漾著，下半身正漸漸沉入水裡？

發生了什麼。必然是非常詭異的事，她告訴自己。

男人躺在她身旁，衣服的袖子漂浮起來，所以男人怎麼了？

她告訴自己要鎮定，無論發生了什麼，求生意志決定人的存活機率。等到天亮，她想著將是轟動的大新聞，記者拿麥克風堵她，這位婦人奇蹟般生還，人們急著要聽當事人親口敘述發生在身上的事。

攝影機對準自己，記者等她給個說法。躺在水裡的這一刻，她的意識異常清楚。她告訴自己，撐過去，還有許多事需要處理。

念頭連著念頭，下一個場景，她看著自己站在人群中間，輕拭眼角的淚，仍是她一貫的從容與優雅。

有人在大照片前上香致哀，應該是追思的場景。屋角射下來舞台燈光，照著她嘴上的淡色唇膏。除了這一點口紅，她素顏站在那裡。孀婦總要表現悲痛，她告訴自己，表現的是適量的悲痛。

她想著會場的焦點之一是鮮花，她喜歡沾露水的百合。餐飲也是需要費心的項目，莊重的場合不應當狼吞虎嚥，小點一口一個，裝在銀湯匙裡，由侍者端著大盤一路服務。她繼續想，音樂更是氣氛的決勝點，即使用CD充數，也要營造出在大教堂聽〈安魂曲〉的感覺。最難抉擇的還是在葬禮中穿什麼衣服，她想，薇薇安．衛斯伍德是首選，黑色高腰的長禮服，帽子飄著長長的黑緞帶，氣質分數破表。

思緒在胡亂遊走，下一瞬，她想著丈夫有兩個前房的兒子，會從美國趕回來，難說會有什麼意見，又牽連出哪些社會關係。她想著幸好有同事們撐場面，系裡的老師們舉止得體，懂得怎麼樣低調致哀。

爲什麼想的是追思的場合？剛結婚那幾年，丈夫總抱怨這個家徒有形式，而娶的女人太在意別人的眼光。她想著丈夫或許說對了，就連這種躺在水裡的時刻，她還在想跟場面有關的事。

*

「以後剩下一個人，怎麼過？」看自己坐在那裡，她猜，一定有人會過來關切遺孀。

她想著，沒有人猜得到，躺在冰冷的河水裡，自己已經在算計有多少重新開展的機會。

從最令人興奮的獎賞開始想起。男人死了，她可以養一隻狗。對她，所謂幸福的家，不可缺的是在樓梯跑上跑下的一隻狗。

她婚前養狗，偏偏這男人說他討厭狗。男人搬進來的前一個月，她做了棄養的主人。

每次路上看見別人的狗，她心中就一陣悔恨。那一天。狗啣過來頸圈，以爲是帶牠出去蹓蹓，她忘不了狗最後望她的眼神，其中是毫無保留的信任。

送走狗，換來一個不忠誠的男人，還以爲替自己找到歸宿？她搖頭冷笑。

狗只是一樁，她想起更深重的傷害。當時她新婚，躺在丈夫旁邊。聽她說計畫不久後懷孕，丈夫倏地坐起身，寒著臉說，都不年輕了，找這麻煩做什麼？

側轉身，她默默把自己裹進毛毯裡。丈夫有前妻留下的子嗣，她卻不能生養自己的孩子。

她沒有堅持，也沒有把握時機。生理時鐘滴答，錯過了做母親的時間點。

就從那時候，她開始嗅到老男人身上的腐臭味。

＊

她被剝奪了做母親的資格，深埋在記憶深處，那是無法忘記的屈辱。

丈夫說跟她生孩子是找麻煩，即使這個時刻，想起來依然心很痛。這些年，爲了維持婚姻，許多事她默默呑進去。她從沒機會訴說丈夫帶給她的一切，關於屈辱、關於傷害，關於難以彌補的人生。

最難以彌補的，是經過這些年空洞的日子，她的心好像被咬空了；生理上的慾求，像長了蚜蟲的葉片，漸漸也萎縮了。偶爾，買下一雙喜歡的鞋子她會想著：「與性愛一樣美好，但更持久。」那是流行天后瑪丹娜說過的話。她姑且相信那是實情，畢竟她也這樣安慰自己，一雙心愛的鞋子足以填平心裡的空虛之感。

她告訴自己算了，都過去了，經過這場變故，活下來就是最大的勝利。接下去，還有一堆事需要處理，譬如，週刊會怎麼做文章？「妻子奇蹟式獲救／深情承攬丈夫後事」，這類標題不錯，內文中要濾乾淨八卦的聯想，才符合由她所認可的事實經過。除了應付媒體，包括跟保險公司索賠，包括還原這場意外原委等等，她有許多事需要處理，It Is Show Time，她處事一向幹練，人們將讚美這位孀婦的面面俱到。

「丈夫的葬禮，才是妻子真正的婚禮。」她忘了在哪一本書上讀過這句話。她詫笑著想，對留在世上的妻子，精心選塊墓地，再預留一處穴位，就是攜手進入永恆的意義。

看出來了嗎，加害與被害兩個女人面容相像，同樣顴骨高，鼻子飽滿會賺錢，嘴巴不大不小，代表口條好。

算命節目來賓

斜披肩上，顯出活潑俏皮，是帶點嫵媚的咖啡店店長；另一位選Gucci，經典緹花Logo，平整結在頸部，表現出專業女老師的端莊。披肩用在不同場合，發揮每個女人獨一無二的魅力。

購物頻道主持人

《慾望城市》出電影版，我約她一起看。記不記得凱莉去取留在公寓的高跟鞋，碰到Mr. Big那一場？盯著銀幕她哭到拿出衛生紙。當時我就猜，她婚姻裡一定藏著讓她苦惱的問題。

女被害人朋友

VI

幸福的距離

問到與洪伯在一起的細節，法官沉著一張臉：「早一點怎麼不說？」

佳珍心裡想，「早一點」是什麼意思？

如果早說出來，說給憲明聽，而憲明一點也不介意，聽完了安慰她，甚至溫柔地攬住她，後面的事會變得不一樣。

佳珍想，或者早應該向憲明坦承，坦承自己做過的事。說不定，憲明聽完後，眼裡沒有任何芥蒂。

萬一不是呢？

這賭注太大，佳珍不敢冒險。

＊

前一年冬天，許多次，佳珍在心裡練習對憲明坦承。

許多次，佳珍想像憲明的手臂繞過來，攬住她肩膀，跟自己說沒有關係，不影響我們的感情。重要地是我們有彼此，無論你做過什麼，都過去了，我一併承擔。

佳珍擔心的卻是另一種結果。她想著憲明是死心眼的人，受傷的口吻說道：「爲什麼不早告訴我？」「我媽猜對了，你是有太難解釋的過去。」一邊想，佳珍覺得身上正散發出惡臭，她感覺惡臭在飄散，鼻腔裡充斥著難聞的氣味。

小時候，跟著母親走進市場，佳珍小心跨步，不想讓腳沾到地上的污水。無論她多麼小心，總會沾到雞籠沖出來的雞屎。

天沒亮，佳珍坐在機車後面，媽媽載她到菜場。上課時間到了，手用肥皀塗抹一遍，轉開水龍頭，腳丫踩進水槽裡，把沾到的髒東西沖洗乾淨。然後，她在攤子後面彎下腰，換上家裡帶來的制服。

進到校門，沒有任何破綻。佳珍跟其他同學一樣，背書包才從家門出來。佳珍只擔心鞋底沒沖乾淨，留著沾上的雞屎味。

沒有人察覺佳珍一大早做了什麼。學校裡，她是負責任的服務股長。老師上完課走出教室，佳珍站到講台上，用板擦把黑板擦乾淨。

抓住板擦，左邊擦到右邊。高的地方踮起腳尖，黑板上殘留的字跡擦抹掉。

身上的污穢都沖乾淨，一切重新開始。一點幸福的微光，她把幸福的可能寄託在與憲明相遇的一瞬。

＊

憲明出現的那一天，佳珍總覺得是電視劇裡的男女主角相遇，發生在自己身上。

門口鎖車時佳珍就注意到他們三個。兩個很聒噪，櫃檯前點咖啡，「卡布」還是「拿鐵」就嗆呼了一陣。中間那位戴無邊框的眼鏡，顯得特別沉靜。

後來，佳珍把點好的飲品端過去，戴眼鏡的那位抬起頭對佳珍笑了一笑。或者是他清朗的眼神，或者店裡的光線剛剛好，佳珍覺得心裡一震。

電視劇的男女主角相遇，特寫鏡頭裡，其他人突然消失了。佳珍直覺地知道，這人對自己有特殊意義。

一會，戴眼鏡的男生過來結帳，瞅著周遭沒人，抬起頭靦腆地說：「我，我，我可以再來喝咖啡麼？」

這個特寫鏡頭，佳珍在回憶裡重播了許多次。碰見這個木訥、老實、沒任何心機的高大男生，彷彿有一個神奇的板擦，把黑板上污漬的過去都抹乾淨，女主角的人生突然綻放出光亮。一個開始，一個重新開始的機會！佳珍決定要迎接那個機會。

*

法庭上，佳珍低下頭，緩緩地說，從頭到尾，就是我一個人，我男朋友什麼都不知道。

「沒有跟他商量？」法官又問。

佳珍想著，在那個時間點，差一點就說出來。

那一天，渡船頭附近那家便利店，捧著一袋微波好的爆米花，佳珍蹭到憲明旁邊坐定。對著落地玻璃外停著的整排摩托車，佳珍說，告訴你一件事，關於洪伯的。

她不安地目注憲明，準備要說下去。

憲明笑瞇瞇地說，洪伯怎麼了？身體還好麼？

望著憲明沒有任何陰影的眉眼，佳珍突然說不下去。

佳珍只好隨口掰。撿起幾粒掉在椅子下的爆米花，一面低著頭說，洪伯最近股票做得不錯，年後打算請春酒。

＊

錯過那個時間點，佳珍心中清楚，一件事連著另一件事，邁向難以逆轉的結局了。

溺水時眼前的一道光，伸手想要抓住，那道光，晃了一晃，竟越過她遠去。

回想起來，光亮似乎是近在咫尺。憲明的出現，曾是她亟欲抓住的幸福機會。當年，坐在河畔的情人椅上，想著日劇的摩天輪，模仿其中「一定要幸福」的對白，她眺望天際，舉起雙手呼喊著。

此刻在法庭裡，「去的每個城市我們選一隻，我們會有好多杯子。」佳珍想到自己說過的話。

欠了一點點運氣，願望就永遠不會實現。佳珍低下頭黯然地想。

＊

加上一點點運氣，對有心共同生活的年輕人，其實，那樣的夢想並不難實現。

佳珍在方哥店裡，累積了兩三年經驗，咖啡店裡裡外外的事都難不倒她；至於憲明，凡事沒什麼意見，會是個顧家的好丈夫。許多年後某一天，趁著休假日，佳珍與憲明牽孩子到河邊來玩，說不定會順道過來看看這家咖啡店、看看店主人方哥。

想來，佳珍的阿母也會站在河邊，聽佳珍講當年在店裡做店長的故事。佳珍的計畫是婚後有自己的房子，就把阿母接來台北。

那個時間點，如果佳珍跟憲明說出困擾自己的一些事，兩個人一起面對，後來的人生或者完全不同。當日在便利店裡，佳珍望著滿臉好心情的憲明，撿起掉在地上的爆米花，佳珍卻決定轉換話題。

過了那一點，沒有人會跟佳珍說，你想擰了，過去的事沒有那麼嚴重，並不像你以為的那麼無法解決。佳珍沒有知心朋友，沒有人會跟佳珍說，等一下，你轉錯了彎。快停住，走不通，快快打消不該有的念頭！

那段時間，如果我事先知道，一定可以做些什麼。發生這事，我總覺得自己有責任。

被告男友

被告有說謊特質，談到錢就滿口是謊言，每次庭訊就顯出此一特質。

被害人家屬代理律師

審判書上寫「天理難容」，什麼是「天理」？這四個字過於抽象。

法律系大一學生

被告「未達病態說謊者程度」、「沒有反社會性格傾向」、「沒有病態人格」。

心理鑑定報告

外界的許多說法均不屬實，比較前後的筆錄，被告的說法總共只改過一次。

正式偵訊之後，關於事發經過，被告再沒有任何反覆。

被告辯護律師／答辯狀

新北市　淡水河畔　三月十六日　凌晨三時半

水愈來愈冰冷，她不知道自己還能撐多久？躺在水裡，她希望能等到一線曙光。太陽早點升起來，就會趕走寒冷。

冷水裡，她想著自己躺在救護車上送到醫院，急診室一陣忙亂，說不定動用到「高壓氧」、「葉克膜」的儀器。腦子裡胡亂想，她對醫學名詞只有模糊的概念。上次到醫院做檢查，推進一個長桶儀器，像密閉的棺木，耳邊隨即響起碎石機的轟隆聲。

或者是這個躺著的姿勢，讓她記起在醫院檢查的光景。後來她坐在凳子上等結果，暖暖的冬日陽光，曬進醫院大樓天井的那塊草地。

當時，她緊張地盯著號碼燈。輪到一位，苦著臉走進診間，苦喪著臉又走出來。她帶點羨慕地望著有人陪的病患。旁邊如果有人說說話，就不至於這樣緊張。

她其實很心慌，進去門診室就直接聽宣判。醫生之前開了單，要她做核磁共振。但願不是大問題，這一陣會頭暈，或者因爲最近酒喝得有點過量。

喝一杯其實不算什麼，近幾個月，喝完一杯會又倒一杯。好在她掩飾得很好，這方面她極其小心，喝了酒，總是用薄荷水漱口，再把酒杯酒瓶收藏好。丈夫不知道她有獨酌的習慣，這次來看醫生也不會讓丈夫知道。好聽的說法是「相敬如賓」，他們倆一向各管各的。丈夫每月固定來門診，細節她也從來不問。

她只知道丈夫來的是這間醫院。多久抽一次血？每次要做哪些例行檢查？丈夫總自己處理。丈夫這一點算是識趣，婚後適應了她是職業婦女，凡事不囉唆不抱怨，盡量不帶給她任何麻煩。

她想丈夫每次來，望見的應該是一樣的天井，噴水池在草坪中間，椰子樹高高站在四角。望著噴水池她心思一動，說不定，坐在這裡的凳子上，丈夫曾經跟她一樣感覺到無助，想著旁邊有人陪該多好。

門診室高處懸著一片平板電視，候診的這段時間已經播了好幾集。每一集都是替不同的人家設計新居。豹紋的高腳椅、水波狀的磁磚、菱形的按摩浴缸、北歐風的高級廚具，對門診室外各種困境中的病人，這樣的家居極其超現實。

*

河水中漂浮著，這種時候，她眼前的畫面也極其超現實。

像是喝多了酒半夜醒來，一個人在黑暗中摸索，找不著電燈開關；扶著牆壁胡亂挪移，總是走不到放頭痛藥的櫃子。最後一陣小快步，歪倒在浴室裡，抱著馬桶吐個乾淨。事實上不只爛醉的時候，她腦海中老年的畫面總是一個人。

爲什麼，從來沒有把丈夫算進去？

她迷糊地想著，偶爾替自己盤算未來，算的總是老頭子先死，她一個人繼續過往後的日子。她想，有件事倒要牢牢記住，記住有一筆丈夫的人壽保險。按月提領還是整筆拿？那是到時候自己的選擇。她想想覺得新鮮，用男人的錢？一生中沒經驗過的好事！丈夫總在花她的錢，直到死後，才對妻子聊表心意。

這樣的光景裡她恍惚記起，回國探親的女朋友說過一件事。女朋友說，離婚多年後，突然收到通知，從此按月領前夫的社會安全年金。女朋友說，等到前夫死了，才發現那人還有點回收價值。

爲什麼離婚後還可以領前夫的年金？那是美國的法律？她想想覺得想不通。

躺在水裡，意識忽而清楚忽而模糊，想到丈夫那大筆壽險，買輛新車該是個好主意。一輛Mini？她在國外讀研究所時開過車，她喜歡Mini車款，方向盤旁的大鐘面，感覺像是坐在玩具車裡。Mini用大鐘面顯示行車速度，讓她憶起新年穿花裙子在遊樂場開小車。自己家境不差，從小喜歡漂亮衣服，她想著，是不是預兆著畢生都是不愁衣食的好日子？最幸運的是，到這年齡，竟有機會承接丈夫的一筆壽險。好像「大富翁」遊戲裡抽一張，「機會」來了，人人給錢爲自己做生日。她想著，就有這樣的好運氣，不止度過危機，到頭來，把手中唯一的一張爛牌也打成好牌。

躺在水裡，她想著此後一堆花不完的錢，用不完怎麼辦？或許邂逅一位年輕的肌肉男，現在流行叫做「小鮮肉」，聽起來不錯，肉嘟嘟的感覺。就好像性感內衣叫做lingerie，她喜歡那個英文字，念起來就覺得性感。她想著自己心裡的偶像Vera Wang，中文名「王薇薇」的婚紗女王，六十三歲時辦自己的婚禮，與二十七歲的溜冰冠軍住在一起。當然，是小鮮肉搬進王薇薇在比佛利山的豪宅。

她記得雜誌上看過，豪宅三百六十度觀景窗，每個角度都是無敵海景。婚紗女王迴身四顧，即使是夕陽，也比別人眼裡的更燦爛！她想想自己的住家跟王薇薇的比佛利山有相似之處，都是一面毗鄰太平洋。這一刻她躺在水裡，嗅到鹹淡水交接的氣味。

她迷迷糊糊地盤算，要不要找進來一位年輕男人？這是困難的抉擇。其實，一個人過日子有一個人的清靜。比起多一個男人的麻煩，她並不介意獨居生活。她想著到了晚年，客廳一張丈夫遺照，成為自己終日喃喃的對象。

她想著這就是老年眞相，記憶漸漸糊成一片，過往每件事都值得憶念，儘管當年關係裡滿滿是雜質。到時候，若是有社福單位的人士過來看望，她會嘆口氣說，老伴什麼都沒意見，對我可好啦，我們婚姻美滿，就是那死鬼死得早了。

什麼樣的爛小說裡她看過這類劇情？

她喜歡編織劇情，這一刻，墜入的是奇幻篇還是驚悚篇？

手腳愈來愈冰冷。怎麼還沒由夢境回返現實？她需要快快從夢裡醒過來。

腦部核磁共振沒有任何問題，檢查結果一切正常。聽到病人出了這種意外，I am really sorry，需要的話，病歷就隨時拿去影印。

台大醫院醫生

老年女人在垂暮之年一般是安詳的，這時她放棄了鬥爭，瀕臨死亡使她不再關心未來的一切。她的丈夫往往更老，她目睹了這種衰老，暗暗地幸災樂禍——這是她對他的報復。

西蒙・波娃

家屬透過委任律師表示，眞相未明，對案中沒有共犯的說法始終存疑，將委任律師繼續追查眞相。

媒體報導

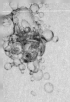

當年就是那種家境好的嬌嬌女，才會出國讀設計。她這人眼界很高，其實誰也看不上。

她倒是跟我承認出國唸書時有段異國戀情，只是沒開始就結束了。

女被害人朋友

VII

鹹淡水流域

「進到看守所，悔悟了嗎？你平常都想什麼？」

站在法庭上，面對法官的問題，佳珍低下頭，不知道怎麼回答。可以照實說嗎？看守所裡，她想起的是一些小事。佳珍記得站在洗碗槽前，手握著杯緣，沖洗發出暗光的金屬量杯。手指鑽進去，繞著圈子觸摸一遍，感覺有沒有奶漬。洗完杯子，佳珍拔起水喉管，水經過手背，清涼的感覺。她喜歡重複這類單調的動作。

*

佳珍想著，咖啡店的採光好，臨河一面有片窗玻璃，光線透過玻璃，窗外樹影搖曳，中島的桌面有亮暗的變化。

中島周圍，高一層是裝冰茶的高杯，低一層才是水杯。閒下來，佳珍用一支長柄調羹，輕輕觸碰，聽著玻璃杯發出聲音。在心裡，她把架上的杯子當作是從小無緣的樂器。

下午，客人少的時間，斜倚著那台咖啡機，佳珍會想一些將來開店的事。

想一想她抬起頭來，映在玻璃上的光影，午前與午後有很大的差別。

夏日有些水鳥飛舞，冬天，河裡飄起白霧……

＊

「怎麼對得起你的家人？」法官問佳珍。

這是佳珍的痛腳。觸及這個敏感話題，佳珍擦擦眼角，努力不讓眼淚掉下來。

佳珍想起阿母每次送她搭客運，站牌前一定會講的那句話：「住袂慣習，返來吧。」

第一次離家，佳珍就告訴自己，出門在外，闖出一片天，爲的是阿母以後不必擔心生活。佳珍的計畫中，婚後等經濟條件穩定，一間屋留給阿母，即使阿母沒那麼快搬過來，上台北看他們的時候可以住。

佳珍在規劃未來時想著，租的可以是上下兩層的老舊店面。一樓開店，二樓住家用。她想著店裡坐滿顧客的午後，抽個空檔悄悄走上樓梯，腳步放得很輕，確定沒有驚擾到電腦前的憲明。

到時候，佳珍在想，若是望著憲明精神有點差，會替憲明送上一杯浮著葉子的卡布奇諾。

這些年，站在方哥旁邊，佳珍學會了簡單的拉花。方哥右手輕輕晃動，左手把杯子裡的奶泡倒下。佳珍定睛看著，輕重控制得剛剛好，杯子晃出一片葉子的形狀。

有時候方哥興致好，露一手難度很高的造型。佳珍一面偷眼在看，一面心裡悄悄在學。特製的招牌拿鐵上，方哥拉出的是天鵝圖案。方哥的手一路在搖晃，天鵝漸漸顯出輪廓，奶泡在熱咖啡上輕得像羽毛，而羽毛正朝周邊無限擴散……

除了天鵝是招牌，方哥若察覺顧客是一對情侶，兩人的模樣十分甜蜜，方哥會拉出一個漂浮在咖啡上的心型圖案。

端去兩杯拿鐵，佳珍偷眼望著坐在角落的情侶。男生說了什麼，女生嬌嗔一聲。佳珍放下咖啡杯，移過來砂糖罐，已經聽出兩人爭執的皆是無關緊要的事。向鄰桌帥哥多看一眼，算不算故意放電？說是幫人修電腦，明明為了討好學妹還敢賴？女生嘴裡碎碎念，上身卻朝向男生依偎過去。

拿著托盤立在一旁，佳珍記得當時的心情，如果像是這對情侶多麼好，女生似乎只要撒撒嬌，就可以願望成眞，幸福的承諾永久有效。

*

佳珍回過神，法庭上已經攻防一陣，拉鋸點在於犯案的動機。

佳珍的辯護律師主張與被害人之間有感情糾葛。「被害人邀她、給她開門，被告才會出現在被害人家裡。」律師指著一張手繪的圖，上面是洪伯臥室家具的擺放位置。

警局偵訊時，佳珍用鉛筆勾出屋內大致的樣子。下床怎樣彎轉，彎過床頭的防潮櫃，浴室的位置在左邊，佳珍閉起眼睛都能夠重走一回。

被告席上，佳珍望著那張圖在法官面前，成爲證物。

愈問愈多、愈答愈露餡，佳珍猜不到法官還會問出什麼。每次開庭前與律師會面，律師都鼓勵她說，別怕，法庭上我們就照實說。然而律師不明白，佳珍怕的正是自己的話出現在第二天報紙上。佳珍在意的是憲明，有這樣的女朋友，別人會怎麼看？準備跟這樣的女人結婚，必定被人訕笑。

佳珍想著或許應該慶幸，每逢重要的問題，對方律師就會制止自己的律師說下去。

回到那個關鍵的晚上，佳珍第一次進到洪伯屋裡，自己的律師才提個頭，對方律師立即打斷說，被害人死了，不能替自己辯護。死無對證的事，聽單方面說法，等於在「鞭屍」、在「二度傷害」。

有利自己這方的證據，包括佳珍筆錄中敘述的身體特徵，洪伯腿上的疤痕、胸前的小撮白毛等，對方的律師說，老人身上都有這類的東西，被告胡亂講講，命中的機率很高，並不能證明有不倫關係。

*

「殺了兩條人命的當下，你內心在想什麼？」

佳珍簡短地說：「阻止他做出影響我們的事。」

「影響你？還是影響你們？」法官又問。

「擔心洪伯不放過我，被他要脅，做出影響我們未來的事。」佳珍解釋。

佳珍想著那一日，洪伯來咖啡店撞到，「來接你的？他是誰？」望著門外提了兩把雨傘的憲明，洪伯皺著眉頭問。

佳珍向洪伯簡單說一遍，包括憲明來店裡喝咖啡認識等等。聽完，洪伯臉上沒有顯出任何情緒。後來到櫃檯結帳，洪伯提高聲音朝向方哥說：「等你們店長有好消息，我一定包份大禮。」

後來佳珍才想清楚，始終低估了洪伯的深沉心機。佳珍以爲很有把握，解釋一下，表明態度，對憲明是認眞的，不該再跟洪伯單獨見面。無論是在洪伯家或是一起泡溫泉，一概都不該繼續下去。還有，最重要的是，一定要對先前發生的事保守祕密。

屬於佳珍經驗以外的範疇，對洪伯這樣的老男人她並不了解。表明態度之後，佳珍下班就關機，不再接洪伯的電話。過了一天，到晚上，洪伯突然出現在她的租屋。

「我想過了，什麼都給你、什麼都屬於你，只要答應，跟我繼續在一起。」洪伯急切地說。

洪伯要佳珍聽仔細，遇上的是生命中最寶貴的東西。放棄什麼都可以，絕不會放棄佳珍。

「就算你結婚，不妨礙我們在一起。」

「你先生會去上班，我們可以在你家見面。」

「有些祕密，別人知道了並不好。」洪伯換了一副聲調繼續說。

*

「你要把我們怎麼辦？」跪在佳珍前面，洪伯閃著淚光在懇求。

跪著，幫佳珍輕輕褪下衣服。洪伯兩隻手在佳珍身上摸索，一邊殷切地問，你高興了沒有？怎麼做，可以讓你更高興？

換一種姿勢，臉上是試探的表情。「你跟男朋友，有沒有像這樣？」洪伯介意地問。

「愛你，小愛，我真的愛你。」洪伯一連迭說著。

這個分秒，迷惑的小女孩回來了，縮在床單裡，抱緊自己的枕頭，佳珍不知道什麼叫做「愛」？吸吮著枕頭一角，一瞬間，她確實想要把這個叫做

「愛」的東西吸吮到嘴裡。

就是這一晚，躺在佳珍身旁，洪伯第一次說起除去妻子的計畫。

聽著，佳珍意識到，老男人瘋了，不知道還有什麼可怕的主意、將會做出什麼瘋狂的舉動。

躺在床上，望著鐵皮屋頂，佳珍想，不採取行動，一定難逃洪伯的手掌。洪伯會把自己變成共犯。共犯只是一樁，給洪伯抓住把柄，婚後憲明不在家，洪伯就會出現。無法擺脫這個老男人，自己再沒有幸福的機會。

＊

多數時候，佳珍怔怔坐著，聽法官以教訓人的口吻，問些不知道怎麼回答的問題。

「為什麼還沒說出你要怎麼『贖罪』？」

佳珍不語。

「每個問題你想那麼久，我怎麼判斷相不相信你說的。」法官語氣顯出不耐煩。

佳珍頭垂得更低。

「說，大家都在等你說出來！」等不到佳珍的答案，法官動了氣。

從警局到法院，從準備程序庭到審理庭，每一場針對被告的訊問，目的都是要她說出來。挖出佳珍腦袋裡的念頭，解開她心防，剖開一顆充滿新鮮汁液、活生生的生蠔！

但對佳珍而言，童年不只是童年，過去也不只是過去，一把剖刀穿進去，刀鋒觸到她的童年，穿入她以爲遺忘的過去。經過最深層的血肉肌膚，其中有無法言說的傷害。

佳珍怎麼細細說？怎麼描述突然襲來的迷失感覺？她只是想要掩蓋一些羞恥的事；或者，阻擋一些不可測的事；她像激流裡一根枯枝，在漩渦裡打轉，不知道怎麼停下來。

法庭上需要的是簡單的答案。「泯滅天良」、「罪無可赦」，「人神共憤」、「十惡不赦」，檢察官一句接一句在斥罵，沒有人認眞聽被告想要表達的意思。

如果近距離靠近佳珍，輕手輕腳靠近她，如果潛入佳珍的內心世界，或者她想說的是，我從來不知道什麼叫做愛，用毛巾幫我搓身體是不是愛？碰觸我的腋窩，撫弄我的小腹，摸那些從來沒有人摸過的地方，是不是叫做愛？世界上沒人愛過我，阿母不愛我，阿爸一早就離開我。油漬漬的腦袋靠近我，骯髒的手指觸摸我，恥辱的氣味跟隨我。如果知道祕密的人都不在世界上，我是不是就可以自由？如果沒有人會發覺過去的事，我是不是就可以有愛的機會？

二十一世紀我們法庭裡，還有多少青天大老爺問案的遺痕？驚堂木一拍，等著嫌犯說出「我錯了」，難道哭得嗚咽、嚎啕、呼天搶地，才叫做徹底悔悟？

法學教授

我記得被逮捕時我說的話，還有律師先生說我該怎麼說，……我記得審判時我所說的話，和我後來的話，它們都是不一樣的。……還有，總是有些人會把他們講的話放進我嘴裡，說是我講的。

《雙面葛蕾斯》／瑪格麗特．愛特伍筆下的主人翁

想做純潔的新娘，又不能跟老先生結束關係，深怕完美的形象在男友心中破滅。似乎愈來愈清楚了，這是當事人最嚴重的內心衝突。但我依然可能低估了當事人的心理複雜程度，我看到的只是冰山一角，埋在底下的是些什麼？

被告辯護律師／手記

《山之音》書裡，川端康成寫到「只有在阻止打鼾時才伸手觸摸妻子的身體，感覺到無邊的悲哀。」身為男人，想到自己快老了，我也會感到悲哀。

文學系教授

新北市　淡水河畔　三月十六日　清晨四時十五分

躺在泥水裡，意識在某些瞬間異常清楚，原本連不起的片段都貫串起來。

她記起那一次，坐在那間銀行分行，才知道有人冒她的名設定轉帳機制，一小筆一小筆，自動移入另一個帳戶。

臉上保持著鎮靜，她聽著銀行人員向自己解釋。先以印鑑資料把兩個帳戶連結在一起。之後，在ＡＴＭ機器上隨時可以執行。ＡＴＭ有個選項叫做「設定帳戶」，按一下，又有個選項叫做「自動轉帳」。她帳戶的錢，神不知鬼不覺，搬運進丈夫的帳戶。

她裝作是自己糊塗。夫妻之間，即使沒互相告知，款項轉來轉去也是常情。起身離開前，她笑笑地感謝專員的耐心解釋。

坐上計程車，她收起笑臉，舒了一口氣。她恨恨地想，被自己丈夫騙得好慘。

＊

仰望天，遠方有一線魚肚白，她頭腦裡此刻也有一線光亮。一幅一幅畫面拼在一起，想清楚了許多事。她總以爲事情沒有太糟，錯在自己過於自信，以爲還可以操控情勢。

其實處處都是警訊，當年就有人不看好，勸她不要嫁給這個來歷不明的老男人。婚後一陣子，丈夫說日本的錢一時調不過來，家用要由她的帳戶支用。那時候她已經發現，丈夫資產不像媒人說的，說什麼做生意致富，還說是日本國一個島的島主，單說那小島，就是個騙局，男人有的只是不值錢的無人荒島，等著被無償徵收、或者被海水淹沒。一天一天，她拼湊出男人結這個婚的理由。

配偶欄有個名字，等於加上一層保護色。在某些場合，老鰥夫一個人，讓人懷疑另有居心。dirty old man，英文是這樣說的。娶個有經濟基礎的妻子擺在一邊，其實是穩賺不賠。當時很快訂下婚期，丈夫必然是看準她對錢財非常迷糊。錢的事，她從不放在心上。帳戶有多少錢，丈夫一向比她清楚。

她在陽台摘掉枯枝，爲軟枝黃蟬新長出的枝葉搭架子，男人卻在房間裡檢視財務。瞞著自己，男人早就在計畫下一步。

*

她疲累地閉上眼睛，做了這些年夫妻，到頭來男人還是別有所圖。她想著豈只她，困在婚姻裡的女人都是這樣。多數時候是自己騙自己，騙得久了，不知道該如何收場。

她想想多冤又多蠢，總在努力給丈夫做面子。不時在男人衣袋裡塞一疊千元鈔，怕丈夫在外面顯得寒傖，她要外人看見，自己沒嫁錯，嫁的是頗有身家的老紳士。

她始終顧面子，許多事連父母親都不說，家人都以爲她婚姻非常美滿。「老姊強勢，幸好姊夫讓著我老姊，不跟她爭。」弟弟常這樣說。

只要她父母親在台北，全家人在餐館聚，她總是事先準備好現金，讓丈夫到櫃檯付帳。有時候約弟弟全家吃飯，不會忘記給幾個甥兒各一份禮物。眼見弟婦開心地拆包裝紙，她指著丈夫說，比我有心，挑選的禮物包準合心意。

她就是不肯認輸。像她小時候跟弟弟在游泳池畔玩的遊戲，一手捏住鼻子，一手抓住游泳池的扶梯，嘴裡鼓脹一口氣，把頭埋進池水，時間撐得愈長愈好。婚姻也是同樣的情境，她就是無法張開嘴對外人承認，我的選擇錯了。

*

憋不住，就輸了？或者她早就輸了。

她覺得疲累，水裡漂散著血絲，而血水正從她腹部的傷口往外溢流。或許她漸漸在放棄，正在放棄這憋氣的動作……

下一秒，河水湧進嘴裡，她嘗到嘴裡滿滿的鹹澀滋味。

這是鹹淡水交接的水域，河水推著她往出海口漂，她感覺下墜的力量。

以前沒這間小廟，出事後才建起來。裡面有播放器，不停地誦經，遠近都聽得見。

濕地賞鳥人士

黃昏後，靠近咖啡店，直覺就是快快飆過去。

單車騎士

他們夫婦是非常好的人，對咖啡館所有員工都同樣照顧。不是像有些人說的，針對特定的某個人。

咖啡店某員工

娜拉出走多年後，女人爲什麼對失敗的婚姻還是多所留戀？女性主義吵了一百年，至今，提供的仍是不完全的答案。

「女研社」同學

VIII

婚姻的距離

各種線索拼在一起，一件小事牽連到另一件小事，持續地問、不放棄地繼續問，前一個問題就是下一個問題的鑰匙。

坐在律師面前，佳珍說，那一次，洪伯突然出現在我的租屋，我被嚇壞了。過幾天，洪伯叫我去他家，他說需要我走一趟。洪伯說他想弄清楚，保險箱裡究竟放了什麼。

*

「你想爲什麼，特意叫你去開保險箱？」律師問。

「我並不明白洪伯全部的計畫。去開保險箱，我想也是計畫的一部分。當時我只知道，洪伯在玩眞的，正在準備一件可怕的事。」

「你想，是要與你一起合謀？」律師問。

佳珍說：「沒料到洪伯心機那麼深。不是第一次上洪伯的當，去洪伯家喝酒那回也是。」

望一眼律師，佳珍低下頭想著，那一次躺在洪伯床上，洪伯在她飲料裡加了藥，昏睡了好長時間？洪伯下午就在約。傍晚，佳珍又接到催促的電話。快點過來，菜在桌上，酒斟好在杯子裡，洪伯在電話裡殷勤地催。

佳珍說：「當時沒當做一回事，就是好心老北北找我吃補。平常洪伯總說，你一個人在北部不容易。當歸鴨、人參雞之類的補品，洪伯會裝在保溫杯裡遞過來，囑咐我趁客人少時吃一吃。洪伯說女孩兒家要人疼惜，給我補身子。」

「還以爲是不求回報的善心老人。」手指骨節啪啦一聲，佳珍悻悻地說。

*

「洪伯是挖好坑，讓人跳下，最可惡的是他還處處留一手。」佳珍跟律師說。

佳珍繼續說，那一天醒過來坐在床上，洪伯笑嘻嘻地提醒，社區有監視器，大門口也坐著管理員，到處都有證據，你可是自己走進來的。

佳珍說直到法庭裡看見，調出來的電腦紀錄有多麼翔實，開戶的日期，每一項出入明細，包括洪伯匯錢進戶口的經手人與時間，「原來一切早有籌謀，說是教做股票，幫我出股本，原來留下紀錄，證明有金錢往來，證明我是自願的。」

佳珍繼續說：「洪伯的心機深到我難以想像。喝醉酒那次，失去意識的時間，我猜洪伯用過相機，記憶卡就鎖在床邊的防潮櫃裡。」

「從進到洪伯屋裡的那夜，每一步都聽洪伯擺弄。我漸漸明白了自己無法脫身。」佳珍搖搖頭，

望一眼女律師，佳珍繼續說：「今年過年後，洪伯積極在安排除掉洪太的計畫，計畫裡，是由我到附近診所開處方單，再把藥放進咖啡。計畫無論成功或失敗，我都脫不了干係。」

佳珍嘆口氣，接下去說，沒辦法的最後一個辦法，爲斷得乾淨，趁洪伯去台北看醫生的日子，到家裡去見洪太。

「見面那一次，洪太的反應讓我心寒。」佳珍低下頭說。

「洪太一點不相信我。把我當成主動援交，拐她丈夫，現在又想來騙她的錢。」

「你，沒提出警告，她丈夫，正設計，害她？」律師說話速度慢，每個

字都顯出愼重。

「說了也不會信，一定以爲我在挑撥夫妻感情。總之，洪太不會相信丈夫眞敢背叛她。離開她家時，我想這條路走不通，整件事就不會了結。洪伯一定會出現，出現在我跟憲明未來的生活裡。」佳珍說。

停了半晌，「那時候，我急了，我急著擺脫洪伯。」佳珍說。

＊

事情發生後，佳珍常會心驚地想著，自己對那個女人做了什麼？

一刀一刀，刺向那個女人？

佳珍記得很清楚，那是到洪家跟洪太見面那次。「錢嘛，爲了錢，出來賺，還來訴冤屈，何必假清高？」佳珍記得洪太說話時輕蔑的表情。「應該找你未婚夫談一談，聽聽他意見。」站在門口送客時，洪太不動聲色加一句。

＊

爲什麼，對著躺在地上的洪太，手裡的刀能夠刺下去？

祕密？也許洪太知道太多祕密。

與洪太見面後，佳珍就懷疑洪太知道太多的事。佳珍聽得出來，洪伯被太太逼出來一些話。她最詫異的是，洪伯在妻子面前，不知覺會吐露不該說的祕密！

從童年起，佳珍習慣保守祕密。她討厭不能夠保守祕密的小孩。

布鞋沾著雞毛、雞血、雞腸子、雞糞便，小小的佳珍在菜場水龍頭下沖洗鞋子，指甲用力摳搓，要把鞋底的污漬沖乾淨。

上學時間到了，想著祕密要被人揭穿，同學們會知道自己早上做了什麼，佳珍急得快哭出來。

祕密被揭穿，就會帶來可怕的結果，佳珍不喜歡知道太多祕密的人。

一刀接一刀，她對著洪太刺下去時不曾手軟。

＊

後來站在法庭上，佳珍說，那段時間好像著了魔，腦袋空白，一直重現洪伯威脅自己的片段。

提到洪太，佳珍簡短地說：「她選擇站在丈夫一邊。」

「你就是不管怎麼樣都要殺他們，是不是？」法官厲聲問。

「是不是？」法官再問。

佳珍搖搖頭，答道：「洪伯告訴我，洪太有喝兩杯的習慣，酒後到河邊散步，腳步不穩，失足落水是常事。」

佳珍閉上眼睛輕聲說：「我打算將計就計。到那一天，眼看洪太在喝那杯拿鐵，我繼續做給洪伯的一杯。」

要我下藥迷倒她，帶到河邊，放倒在河水裡面。當時洪伯用的就是這兩個字「放倒」。

被告／審判程序筆錄

被告想從人際關係得到她要的。當關係變緊張、壓力升高，被告的理智變得薄弱。

心理鑑定報告

明明是情殺案，爲什麼刻意抹滅「性」在案子裡的主導力量？唯有「性」夾纏在其中，才令人躊躇、令人迷亂、令人不知如何自拔。

「性靈工作坊」講師

這不是特例，類似的故事在許多咖啡店上演。客人為什麼每天出現，還坐固定位子？想想吧。

雖然沒有凶器、沒有死人，我就不信其他店裡沒有畸情故事。

咖啡店熟客

本案的判決書說多刀刺死是「顯見惡性重大」；看看其他一些案例的判決書，卻寫說一刀斃命是「足證惡性重大」。「顯見」什麼？「足證」什麼？充滿自由心證的痕跡，這樣的寫法焉能服人？

「民間司改會」成員

新北市　淡水河畔　三月十六日　清晨四點四十五分

浮在水面上，迴光反照麼？頭腦裡撥開泥沼，此一刻靈光一現，頭腦裡是前所未有的清澈。

她後悔自己錯過的時機。

店長給她看帶過來的那副耳環，她就應該說謝謝；然後，拉著店長的手熱絡地說，多虧你告訴我，要不然，不知道自欺欺人到什麼時候。

當時施點小惠，她很容易取得對方信任。指著那副耳環揮揮手：「留下吧，算我答謝你的小禮物。」她還可以立即加碼，公開丈夫的日常用藥。從飯廳櫃子裡拿出來，整罐倒在桌面上。嘴裡故意淡淡地說，抗血栓的藥片，醫生講不能喝酒，尤其不能夠做激動的事。「上了年紀，是要節制點。血管擴充得太急，醫生警告會當場致命。」她想著自己正假意叮嚀。

像個玩偶戲的人，線繩綰在手裡，隨自己往哪裡牽引。關鍵時刻，她會不經意地透露床頭的防潮櫃裡藏了金條，擺著大筆現金。「我先生習慣把錢藏身邊，日夜看著，急用方便。」她還會隨口說出放鑰匙的地方，讓對方覺得輕易可以得手。一筆放在床頭的現金，那是夾鼠器上的乳酪、整個計畫必要的餌。想來年輕女人自有辦法，讓老男人吞幾顆助興用的充血劑，在床上賣力一點。她想著扯一扯拴戲偶的線繩，幾個因素一起出現，說不定釀成完美風暴。

當時她腦筋轉一轉就即刻打住，大老婆的復仇要有限度，萬一，救護車送急診也救不回？

這些年裡，她確實想過怎麼從婚姻裡脫身，但離開男人是一回事，男人橫死又是另回事！她想著冰涼的身體裝在棺材裡，幾綹白髮垂在額上，身上應該是西裝，結婚時同一套。想著自己握住丈夫的手，腕上那隻勞力士，結婚週年時她送的，盒裡附了張小卡片，寫著挺肉麻的四個字：「分分秒秒」。那時才第一年，對婚姻雖然失望，還沒有到絕望的程度。

第一年，她對丈夫還會好奇。早晨丈夫褪下的睡褲，她會試試裡面的餘溫，想像男人勃起的樣子。

她回到現實，眼前是浮盪的河面，想到丈夫漂在河中，未知生死啊，她心中一慟。跟這男人的關係其實比她願意承認的更矛盾、也更複雜，其中不是恨也不是愛，夾雜著幾絲憐憫，還存了一份不忍心。她數算這些年的相處，冷漠歸冷漠，丈夫還是在許多地方讓著她。知道她注意形象，丈夫出門總是牽著她的手。在人前，表現出恩愛夫妻的模樣。她也知道自己從小任性，從來不是體貼的個性，有時候一起去餐館，她自顧自點菜，端上來全是她愛吃的菜。空間分配是她自作主張的另一樁，搬來河邊的透天厝，睡在樓下小房間裡，丈夫沒有抱怨過一句話。這些事丈夫不跟她計較，只可惜，丈夫順她的事情她很容易忘記。

近幾年，她嫌丈夫身上有異味，非不得已，她絕不走入丈夫在樓下的房間。有時候丈夫出門，她站在樓梯口往下望，對著丈夫的後背她會啐一句：「出去，就不要回來。」但她知道，刀子嘴、豆腐心，從小她母親勸過，你啊，就是嘴巴不饒人。

所以，只是負氣說說，她從沒有下定決心離開丈夫。站在樓梯口，她冷眼望著丈夫站起身的動作，一晃一晃顯出老態。看在眼裡，她心裡倒生出一線奇特的指望。過些年，她從教職退休，閒下來，下廚燒幾樣菜，與丈夫一桌吃飯，飯後河邊走走，「靠邊，慢點，後面有飛過來的腳踏車！」到那時候，聽著丈夫的叮嚀，她會緊緊挽住丈夫的臂膀。她是見過這一類的晚景畫面，無論早年有多少稜角，都可以平整地放進「老年」的盒子裡。

傍晚站在陽台，等待河邊小路出現丈夫的身影，她存著一份未來的指望。

想想，她丈夫並不是最糟的一個。不服老的老男人，面對年輕女人，個個都會生出不該有的奢念吧，她丈夫不算特例。她告訴自己，許多事忍忍就會過去，做太太的誰沒經過這一遭？前一個世代，老男人收乾女兒，聽著年輕的聲音叫「乾爹」，同樣是回春的心態。就算豪門內的貴婦，也常是心裡忍著氣過日子，那樣的情景她想像得出，身上是蔡孟夏的「龍笛」、王陳彩霞的「夏姿」，應酬時強裝笑臉，小三進門不僅不能發作，還要幫丈夫處理善後。

老男人闖下禍，都是妻子負責理賠。她安慰自己說，至少，她的男人晚上都回家睡覺。

許多次，等門等得心焦，她也是這樣告訴自己，守住，丈夫玩累了就會回家。

她狠不下心，死在年輕女人床上的劇情，最多只是想想。即使在那樣的劇情裡，上策是在計畫階段，老男人已經幡然悔悟，回到妻子身邊。

心緒在飄，這老男人悔悟的一幕仍讓她精神亢奮。她想著連續劇裡還有更快意的結果。最後一刻劇情翻轉，丈夫被逼得動手反擊，失手殺了年輕情婦。劇終時，丈夫與元配相擁著走出法庭。她想著自己是會跟著劇情落淚的人，容易被這大團圓的結局感動。

*

她在想什麼？還在癡想著大團圓的結局？

心念在渙散，她認命地閉上眼，「妻子」名分像額上的紅字，儘管她的忠心很難換得丈夫的眞情意。

河水淙淙流著，最後一點力氣正在流失。原來丈夫像黏在小腿上的水蛭，這些年一點點汲吸，腐蝕掉她所有的元氣。

她告訴自己要撐住，不要放棄，跟一團黏答答的東西分開，原本要付出代價。

然而怎麼分開？這些年來，水蛭已經成為她身體的一部分。

唐代女詩人寫過「至深至淺清溪、至親至疏夫妻」，夫妻間的親與疏，非常微妙，只有當事人自己知道。

兩性關係專欄作家

死人不能夠說話，誰說死人不能夠說話？

小說作者

儘管死去的只有一個人，本案衍生的還有被害人家屬的痛苦。出庭就要聽到對逝去親人的人格污衊，並連帶被剝奪與親人相處的快樂時光，被告奪走的不是一個人的生命，而是許多人的人生。

被害人家屬代理律師

IX

愛你，因為愛你

那天晚上，佳珍做了什麼？

肩膀頂著洪太的身體，扶到廢棄廠房的棚底下。挪開馱在肩上的身體，預先準備的大垃圾袋在地上鋪開。佳珍把靠在牆角的洪太搬移到垃圾袋上面，由草地拖曳到河邊。接下去，整個過程重複一遍，另一具身體比較重，雖然是下坡路，佳珍還是一路猛喘氣。

取出預藏的刀，刀鋒偏斜，往胸肋刺下去。觸到筋膜，碰到身體內的硬物。

佳珍抽出刀，不確定刺進去多深。她慌忙處理冒出來的血水。

＊

沒過多久，洪伯卻又醒來了。嘴裡模糊地問，「這是哪裡？」「我怎麼會在這裡？」呼喚佳珍的小名，臉上很放鬆，全然信任的聲調。蹲在地上，佳珍側身躲開洪伯的手。前一秒，洪伯揚起臂試圖摟她，或者不是摟她，只是無意識的揮舞動作。

再刺下去，鮮血噴濺出來，四周一片寂靜。

*

「我怎麼會在這裡？」

那一天，躺在洪伯床上，睜開眼睛，佳珍同樣驚惶地問道。

早一點，喝了點酒。就是那一天，醒來時已經換了洪伯的衣褲。暈乎乎地雙腳沒有力氣，洪伯扶她坐進浴缸裡。

後來，洪伯拿毛巾輕輕搓揉她後背，水淋在肩頭，毛巾在臂膀上滾動，佳珍感覺到洗澡水的熱度。過一會，佳珍聽見洪伯柔聲說：「幫妳洗澡，這是父親對小孩的愛。」

坐在浴缸裡，佳珍雙臂環抱住自己。愛？這是愛嗎？

「愛你，因爲愛你，就是太愛你了。」洪伯確切地說。

後來擦乾身體，佳珍穿回自己的衣服。洪伯幫佳珍扣起前胸的扣子，一面慢騰騰地說：「看看你的帳戶，這個月多了不少錢。有些事，讓人知道了不太好。」

咬咬牙，讓人知道不太好，佳珍拿著刀子再刺下去。

＊

佳珍記得夜裡那條小路，她的腳步有些不穩。恍惚中，河面上傳來鹹腥的氣味，她不敢回頭望。

快步走著，佳珍記起一次從咖啡店回租屋，她停下來眺望對岸沿捷運的大樓，像砌高的積木，每一層都有環狀大陽台。當時佳珍想著，夜霧中的城堡，裡面的人家在過怎麼樣的日子？

怎麼樣的日子？佳珍眺望著河對面大樓裡的燈光，遠的像在另一個世界。窗戶透出柔和的光線，小孩是不是正開心地笑著？隔著一條河，佳珍記得那種無法跨越的距離感。

一瞬間，夜霧在河面上升起，雨絲落下來，佳珍臉上涼颼颼地，她打了一個顫，眼前浮現出剛才河邊的景象。

後來，佳珍在自己床上抱著枕頭，背脊一陣陣冷汗，她想著從泥地滲流到河裡的血水。

天亮前，她似睡非睡，直到被鬧鐘的聲音驚醒。

出庭聆聽判決，長髮已經剪短，換了黑框眼鏡，還不小心露出紅色肩帶，「蛇蠍女」想求好運，好運顯然沒有降臨。

媒體報導

判都判了，被告爲什麼被允准再提上訴？我們家人每次出庭都受到傷害，看新聞報導又是傷害。殺人應該償命，而不是關心被告有無教化可能。難道被告有教化可能我們家人就活該被殺，親屬就該承受家人被殺的痛苦。

被害人家屬

這次律見，提起這一審的結果，當事人沒多說什麼，看起來，她心情並沒有被嚴重干擾。每星期見一次，明顯見到當事人增加的信任感。雖然對法院的結果以及對當事人處境並無實質幫助，我還是覺得頗有意義。

被告辯護律師／手記

新北市　淡水河畔　三月十六日　清晨五時十八分

躺在水裡，水流在沖刷，天亮前開始漲潮？她感覺自己在移動位置。不要心慌，她告訴自己，只要不要被河裡的礁石撞擊到，順著水流，放鬆手腳，就會漂回到不遠的岸邊。

*

意識一陣清楚一陣模糊，有一陣，她的意識像湖水那般清澈。片片段段的記憶都貫串起來，她確定，那次見面是個關鍵。

那一天，店長坐在對面，秀出那副金耳環。黃澄澄的一對金飾，捏住耳環的手指晃啊晃的，是示威還是挑釁？

她記得那對耳環，手工很精細。抽屜裡擱著不戴的首飾一大堆，從沒發覺東西不見了。

店長不住在講，她笑笑地聽，聲音裡沒透露出任何情緒。那一瞬，她簡直佩服自己，這種事可以表現得這麼鎮定。

臉上掛著笑，心裡卻還是有氣。從小看熟的那種胃腸藥廣告，一串氣泡從喉管湧上來，她打了個嗝，壓不住的胃酸直往上衝。

＊

坐在沙發上，她努力維持笑容。聽對方語氣她就知道，人家沒有把你放在眼裡。失去參賽資格的女人，連三角關係都不算，只是要你管好自己的丈夫。

她哼一聲，換上不以爲意的表情：「我以爲什麼事，男人花錢玩玩，你愛說，我還不想聽。」

喝了口茶，撇嘴一笑道：「你這人倒是很公開。願打願挨的骯髒事，找人告狀來了？」放下瓷杯，她慢悠悠地又說：「男人付點錢，當作排水溝，或者，當作健身房的花費，我家那位是跟我這麼說。聽說還有『採補』的辦法，當作花錢補中氣，活血化瘀，老不死的男人都這樣。」不屑地再補一句：「男人外面找樂子，回家又要招，向老婆全數招供。唉，這類的事我聽多了。」

聽著自己說的話，簡直粗鄙，她更吃驚的是自己隨口掰得那麼自然，活像眞聽過丈夫的良心告解。因爲突然激起了鬥志？有人進占她領地，竟然進到家裡來了，她不能隨隨便便敗下陣。

「上次那個，聽他說，幫他搞，還跪下來幫他舔，弄得他好爽。女人犯賤，什麼都做得出來。怪誰？」

她輕蔑地說：「拿了錢，就不要扮清高。」

忍住胃裡的酸澀，她想扳回一點尊嚴；想到丈夫怎麼對待自己，其中滿含著屈辱。

*

她稍微頓了頓，又提高聲音：「趁我不在家？老頭子省錢，你倒也不挑剔，你們倆連摩鐵的錢都省。」

瞥一眼店長牛仔褲口袋上的商標，一看就知道是A貨，不要臉的Wanna Be，她想著這個穿仿冒品的賤女人在家裡四處遊走，說不定，丈夫領著到過她房間，坐上她的床，她想著，說不定還順勢躺下來。她想著賤女人打開抽屜，一件件翻看她的絲質內衣；看累了，說不定還關上浴廁的門，露出肥白的屁股，坐在她的馬桶上。想著另一個女人在浴廁間的動作，她充滿不潔的感覺。

說不定，還用過她的浴缸。她恨恨地想著，浴缸裡搞不好有掉落的恥毛，一根根彎曲的黑色毛髮。

＊

她是不是說太多了？

回頭一瞥間，看到對方灰敗的臉色。她簡直吃驚，什麼時候，自己變得這麼有心機？

坐在沙發上，她記起一本雜誌上的專訪，布萊德．彼特在專訪中說，the woman is the reflection of her man，「女人反映她後面的男人」，因爲有布萊德．彼特在後面全力支持，安潔莉娜．裘莉站在台前，渾身發散人道主義的光輝：正因爲後面的男人鄙俗，自己才講出那麼尖刻的話。

對賤女人說的話，只是反映背後那個男人多麼鄙俗。

＊

漂浮在水裡，她想著自己一次又一次的蹉跎。

站在樓梯口，對著剛進門的丈夫，她提起店長來過家裡的事，一邊秀出那對耳環。樓底下，丈夫隨口搪塞：「年輕人眞敢，偷拿你的首飾，編出這樣的故事。」

她心裡冷笑，多麼拙劣的謊言。關上自己房門，她躺回床上，丈夫面前，她從此沒提過耳環有關的事。

她想著，又默默嚥了下去，爲一個不值得的男人，自己到底在顧忌什麼？不願扯破臉，不希望打碎了難以收拾，難道還等著丈夫迷途知返？她想，沒出息的自己，不如喝到醺醺然，踩進那片淤泥地，一隻腳沒站穩，滑進那條河裡。

只是一個失足，就這麼永遠沉下去。

洪伯跟我説過給她安眠藥，找個人撞她，製造假車禍之類的事，一個比一個更荒唐的點子。

被告／審判程序筆錄

被告説，洪先生告訴她，太太會一個人喝酒。有人看過麼？有人相信麼？被告爲了脱罪，不惜用各種方法，污衊一位專業、有聲望、受人尊敬的女教授。

被害人家屬代理律師

情感牽扯完全沒有根據，被告所辯稱的是否幻想無以判定。法庭要求確鑿的證據，結論是，卷內資料無法證明不倫關係。

本案檢察官

如果把女性性感與男性需求串聯在一起，成熟的女性就失去價值，……困難之處並不在於年齡，因為年齡增長總能夠帶來某種內在的滿足，問題在於女性擔心男性的輕視，以及因之而來的自我嫌棄。

《為何女人受男人擺布》（*Our Treacherous Hearts: Why Women Let Men Get Their Way*）／Rosalind Coward

X

光亮的距離

存摺、來往明細，銀行職員的供詞，法庭上的拉鋸戰繞著一些細瑣的環節。

「是否有證據能力？」法官問道。

針對每一項提出的物證，法官重複同樣的問題。

法庭上攻防非常清楚，被害人家屬的代理律師認爲，爲了錢，以殘忍的手法殺死兩個人，叫做「見財起意」。最明顯的證據是，佳珍穿洪太外套去銀行開保險箱，代表有預謀，早在謀奪洪太的財產。

對方的律師主張，因財起殺機，被告罪無可赦，應該處以極刑。

坐在法庭裡，佳珍想的是那一天洪伯打電話到店裡，說有事找她。進門時洪太不在，洪伯一個人坐在客廳。洪伯說：「我需要做些財務上的安排。你替我跑一趟，看看裡面有什麼。」一邊遞過來洪太的身分證以及保險箱鑰匙。

佳珍想著，當時就是誤信了洪伯的說法，以爲有身分證與鑰匙就可以開保險箱。臨到門口，洪伯拿出洪太的格子外套，要佳珍披上。洪伯很有把握地說：「我守在電話旁邊，萬一有事，我會跟銀行解釋。需要一份文件，臨時拜託你。」

核對資料時行員開始起疑，簽名式怎麼看都不太像。佳珍很機警，推說打電腦打到筋膜發炎，字跡自己看也覺得怪。「急著有事，改天過來。」說著，已經站起身。直到走出銀行大門，佳珍仍感覺行員狐疑的眼神，在身後跟著。

就是那一次，佳珍回去就對洪伯大聲吼，「爲什麼不告訴我需要簽名？銀行要是去報警，或者直接通知洪太，我怎麼脫身？」佳珍愈講愈氣，想著自己險些惹上的麻煩，朝站在樓梯口的洪伯推一把，開門出去。

從那時候起，佳珍確信，洪伯什麼事都做得出來，老男人的缺乏理智讓她心驚。

＊

動機十分明確，錢財與殺機之間的關係非常直接，涉犯「強盜殺人罪」，對方律師這樣說。

這一邊的辯護律師強調洪伯所造成的心理壓力。律師提出的理由是，如果動機是爲錢，就該算算，怎麼樣才能夠拿到更多的錢？

殺了老男人，拿到多少？

留下老男人，當作金雞母慢慢擠榨，又拿到多少？

簡單的數學問題。

站在法庭上，佳珍的辯護律師說：「夫妻雙雙死亡後，遺產歸於家人。就算宣告死亡之前每天提領，一次一次用提款卡拿，拿到的仍然有限。」

換句話，被告的動機若爲了錢，怎麼樣都應該留下洪伯。

＊

「那，你自己說，理由是什麼？」法官轉向佳珍。

「那段時間，洪伯表現得愈來愈急。」佳珍回答。

「所以，你是說，你早就參與殺妻的計畫？」法官問。

佳珍答道：「洪伯是有告訴我計畫已經成熟。」停了停又說：「洪伯是講要把握時間，學期中洪太愈來愈忙，怕找不出時間去店裡喝咖啡。」

「所以你照洪伯計畫走？」法官又問。

佳珍答道：「迷倒一個變成兩個，我做了小小的改動。」

＊

「被告就是惡性重大，否則，怎麼會構陷無辜？」檢察官問道。

「誣陷自己老闆，你不會於心難安？」握著一卷資料，對著被告席上的佳珍，檢察官高聲斥問。

佳珍早在偵查庭就看過側錄的新聞，那是羈押結束後，對著圍過來的電視記者，方哥大聲喊冤。「遇上這種事情，才知道什麼叫『人言可畏』！」方哥說自己有夠倒楣，關起店門整理啤酒教學的器具，都被說成爲了湮滅證據。方哥又說，多虧產後的妻子整夜沒睡，現金餘額都理了出來，證明咖啡店財務健全，需錢周轉找顧客下手是天大的誤會。

面對法官，佳珍啞著嗓子解釋：「當時是想誤導檢警。在派出所扯出方哥，想要讓檢警分散注意力。就好像洪伯當初跟我說，把人放倒後，記得旁邊擺個酒瓶，布下疑陣，檢警會岔進一條死路。」

望一眼坐在正前方的法官，佳珍說：「警車向河邊一帶聚攏，我不知道怎麼辦。當時我也是慌了，想的是方哥完全無辜，調查一陣，很容易洗刷。」

*

佳珍說自己只是慌了，這麼冷血的女人也會慌張？

「我看你頗爲鎭定。」法官撇撇嘴，鼻子裡哼了一聲。

「事前，是不是已經計畫周詳？」法官問道。

佳珍說，如果有所謂事前計畫，河岸的草叢裡預藏了一把水果刀；旁邊那間沒人的廠房裡，放了幾個黑色大垃圾袋，後來都派上用場。

法官換個方式問，「事前，你一切都有想法，對嗎？」

佳珍回答：「我是勘查過那片濕地，埋下一只寶特瓶。第二天去看，埋瓶子的地方變成大片水窪，瓶子已經不知去向。」

佳珍記得自己蹲在河邊，把寶特瓶埋進淤泥。後來水漲了起來，她的鞋整個泡到水裡。

佳珍還記得，曾經在電腦上搜尋，一大包垃圾，順著淡水河會漂去哪裡，答案是漂到太平洋裡。佳珍闔起筆記型電腦，以爲找到解答。

佳珍不是細密的人，她沒弄清潮汐與風向的關係。三、四月氣候不穩定，風向常變化，遇上潮水，河水也可能帶著那包垃圾回到原地。

人們以爲所謂的早有預謀，意味著每一處環節都細細推估，計畫百分百完美。只可惜，嫌犯不是推理小說的讀者。推理小說不夠普及，讀者只有一小撮，社會對類型文學欠缺應有的重視，這是本案最發人深省的地方。

「推理小說俱樂部」成員

被冤枉的那段時間，有很多人對我們雪中送炭，但有少數人落井下石。我還在考慮，不排除訴諸法律的可能。

咖啡店主人

我以爲沒看錯，是有人九點多上門來買香，後來記者來問，我隨便加幾句，說是客人指明要買燒給死人那種。想不到報紙愈寫愈大、愈寫愈離譜，還好所有事都眞相大白。

金紙店老闆娘

案情中有慾望、金錢、死亡等羶色腥內容，媒體不願意往下挖，八卦媒體也沒做相關的深度報導。對所謂「蛇蠍女」，社會似乎有原始的戒懼。

觀察這一陣的媒體表現，我會以爲，我們台灣人禁慾到近乎清教徒。

傳播學院教授

殺人者償命。人人盼望遲來的正義，到底我們要等到什麼時候？

電視新聞／民間反廢死組織發言人

新北市　淡水河畔　三月十六日　清晨五時三十八分

河水漸漸高漲，意識裡還留著那天下午的畫面：陽光偏斜，丈夫牽她的手一路走。

原是丈夫接到電話，說是方哥約喝滿月酒，沿著河岸，她跟丈夫散步去店裡。

進門時，店長沒事人一樣，過來招呼：「洪太，今天喝什麼？」

坐在靠窗的位子，她時時緊靠丈夫肩膀，她有意要讓店長看見，到家裡說的那些事，並不影響夫妻間的感情。

望著丈夫的側臉，她在想，多久沒有這樣並排坐在一起？

剛才走在單車道上，樹影裡漏下碎碎的陽光，她感覺到丈夫手心的熱度。「人瘦，手上包一層肉，像熊掌。」她曾經這樣跟人說。那是多年前，婚禮彩排的日子，她曾經把丈夫厚厚的手掌捧在眼前端詳，望著縱橫的紋路，當時她想的是此後的路，將會跟這個男人走到頭。

望著河裡的暮色，她把手伸了過去，覆蓋在男人的手背上。經過了這些事，還有繼續走下去的可能吧。她心裡想說，卻始終沒有講出來。

這些年，跟丈夫中間隔著一層厚厚的冰。前幾年，她還想著該說些讓步的話，化解一下。後來她索性放棄了，覺得這件事學不會，自己不適合扮演融冰的角色。這一刻，望著丈夫無甚表情的臉，話到嘴邊，還是嚥了回去。

那分秒，方哥端過來兩杯自釀啤酒，她喝了一口，味道很新鮮。方哥坐下寒暄，她問嬰兒的體重，又問產婦恢復的狀況。

接下去，她迷糊地想著，發生了什麼？

她記得，店長端來一杯榛果拿鐵。

＊

她摸摸周圍，水淹了上來，自己在下沉，下半身已經完全浸在水裡。

她告訴自己，平躺在水中，像一隻軟軟的舊襪子，順著水流，有機會回到岸邊。手腳試著放鬆，卻又不要太輕鬆，不可以閉上眼，不可以被睏倦的感覺席捲去。她年輕時在大湖裡仰漂，借助一點浮力，應該可以漂回岸邊。

意識還是清楚的，她安慰自己。天際已經現出微光，再撐一下，有人會發現河裡的動靜。到那時候，救護車嘟嘟地鳴笛，一路朝向自己駛過來。

灰暗的光線中，眼睛花了？她看到黑水中出現一些漂散的血絲，有傷口麼？她一點也不覺得痛。

耳朵邊水聲湍急，河水一波波在沖刷。她感覺自己的身體漂浮起來。這時候，如果可以抓住什麼，漂過來的水草也好，她希望漂過來一塊大木板，她希望有點東西可以靠上去。

她暈乎乎想著，站起來，走出去，很快回到家，浴缸裡泡個熱水澡，躺在家裡大床上，這場噩夢會過去。再次睜開眼，一切恢復常態。

一圈圈的同心圓，她感覺自己隨著擴開的水波愈漂愈遠。

*

冰冷的水流沖刷著，頭腦裡一陣清醒一陣迷糊……

清醒的一瞬，她告訴自己鑰匙藏得很好，就算找到鑰匙也沒有用，沒有她去銀行櫃檯簽字，誰也拿不走保險箱裡的東西。

她想到保險箱內那本存摺，一筆大數目，足以去到遠方。她迷離地想著，岸邊愈來愈遠了，往前就是出海口，去到沒有人認識她的地方。只要離開這裡，遠處的生活就會顯出另一種光亮。

嗅著鹹鹹的水草氣息，浮上心頭的是年輕時宿舍後面的湖水。那時她滿心柔情，默想著鄰居大男孩的體型，隨手在課堂上剪裁出一條男裝褲。

或許那正是啓示，預示著一直想過的新生活？她記起手裡剪下衣樣的興奮感覺。一塊布拆解再重組，材質是日本岡山的單寧布。當時的指導教授非常博學，織品的產地與特色闡釋得有條有理。

她望著身邊漂過的水草，她想身上這件衣服將會碎裂。散掉的纖維在水裡漂，纏上柔而長的水草，一絲絲一縷縷，跟著河水漂向下一個口岸。

她彷彿聽見汽笛，眼前是年輕時的大湖邊。她看見一種光亮，她感覺眼前的景致將會長久留在心中。

細浪推送枯爛的樹葉，肚皮翻白的死魚浮上水面，遠近浮盪著一股混濁的腐腥氣……

出這樣的事？我們學系的老師欸，沒修過她的課，但感覺就在身邊，很親近。

材纖系學生

認眞的老師，上回還拿過教學卓越獎。同事在一起，從不講家裡的事，我們都以爲她婚姻幸福。

女被害人同事

上次我們見面她穿一件miu miu，我笑她，說她以爲自己還是美少女，大教授穿年輕人的品牌。若我替她選，她更適合Marni，寬袍大袖圓扣子，表現熟齡女性的風韻。

服裝設計師／女被害人研究所學姊

診所拿藥回來我就吞了兩粒，頭有在暈，躺下就昏睡過去。兩粒怕不夠，我決定再加一粒，三粒，藥效比較保險。我把藥磨成粉裝進膠囊。

被告／警局偵訊筆錄

XI

必然與偶然

法官問：「是不是預謀的？」

佳珍說，照洪伯的計畫走，後來又想到「計中計」，一個變成兩個。

換個方式法官再問一次：「爲什麼，你以爲自己能夠逃過嫌疑？」

佳珍解釋，洪伯提起那個計畫時說，浮上來也是數月之後，屍體已經碎爛。失蹤人口那麼多，沒有人會認眞追究。

佳珍站在河邊餵過魚。她注意過魚群爭食的場景。魚嘴裡銜著一塊麵包，被其他魚攻擊，轉瞬這條魚也成了群魚的食物。

她站在河岸上看著，水裡在濺血，魚肉像是碎爛的麵包屑，很快在河水裡消失不見。

*

「之後你怎麼湮滅證據？」法官問。

佳珍低下頭，唯一的漏洞，她誤以爲潮水會帶走沒有處理乾淨的東西。

後來，佳珍記得在水龍頭前刷洗鞋底。

接著第二天早晨。佳珍在鬧鐘鈴聲中睜開眼睛，她告訴自己是上班的日子。

坐起來，腳觸到地面，眼前閃過一些怪異的畫面，前一個晚上發生了什麼？

「我的頭暈得厲害。」她記起洪太趴在桌上，模糊不清地說著。

睡意消失，手指尖僵冷，佳珍感覺到心底泛出來的寒意。

走進浴間，佳珍檢視昨晚晾在門把上的濕衣服。踮起腳，把衣服搭在浴簾桿子上。她跪在地上，刷洗地磚縫裡的污漬。

九點四十五分，與平時出門的時間一樣，佳珍下樓梯，向著河邊的咖啡店一路走。

*

時間往前回轉，佳珍想起一些斷續的畫面。

前一天，下午四點半，客人很稀少。

洪太與洪伯坐在角落桌子，方哥在高杯裡注入新鮮的自釀啤酒。

過一會，方哥向洪家夫婦說抱歉，今天他要早下班，明天還多休一天，產後一個月的妻子需要回診。

同一時間，佳珍走到後面櫃檯，抽出抽屜的小塑膠袋，裡面有幾顆膠囊，裝著磨成粉的藥劑。

佳珍往洗碗槽處張望，方哥把慣用的拉花器材收入櫥櫃，關上櫥櫃門準備回家。

扭開膠囊，粉末撒入咖啡，倒入榛果味的糖漿，攪拌幾下，覆蓋上一層奶泡。佳珍動作輕巧，沒有人注意櫃檯後面發生了什麼事。

*

下一個畫面，佳珍記得自己蹲在河邊。

洪伯問，這是哪裡？呼喚她的名字，聲音裡有一種不打折扣的信任。

腳滑了一下，佳珍的鞋陷到泥巴裡，腳趾泡進軟軟的泥。

站在濕地上，三月的寒風冷得徹骨，佳珍感覺到河水一片渾黑，濃得像咖啡渣滓。

＊

什麼是還可以回頭的時刻？

從抽屜裡取出膠囊的一瞬？

刀子暗暗藏起的一瞬？

關鍵是店裡生意清淡，下午只有零星幾位客人。

如果有客人走動，望見趴在桌上的洪太，佳珍臨時打住，事情就不會發展下去。

各種必然與偶然，輪盤上的小白球，端看一瞬間，球在哪個凹槽裡停下來。

這時候，如果佳珍的手機響起，有人想找她說說話，如果佳珍有在電話裡聊天的親人、有可以交換心事的好朋友，事情的發展或許會不一樣。

六點半，窗外全暗下來。即使到這一刻，還是有轉圜的餘地。

如果掃地的小妹走過來，停下手裡的動作，朝這張桌子多問幾句，佳珍勢必要改變計畫。指指桌上的啤酒杯，佳珍會說，洪伯洪太喝多了，送他們回家去。

不知情的小妹幫忙馱起一位，兩人一前一後，路燈底下，洪家夫婦安全回到了家。

第二天黃昏，洪伯出現在門口。打聲招呼，朝窗前習慣坐的那張椅子走過來。

你有沒有想到有兩個人，因爲你，再也看不見這世界的天光。

本案受命法官

指控我們監督不周，死者家屬還在對我們繼續求償。求償是他們的自由，我沒有意見。

咖啡店主人

我已經告訴過你，他們夫婦是好鄰居，都有按時繳管理費。你再問下去，會影響我們整個社區的房價。

「社區管委會」副主委

被告從偵訊開始就抹黑死者，我們家屬承受了很大的痛苦，最痛苦的是看見殺人的人至今仍無悔改之心。

被害人家屬

我們會說，這就是人間的司法，雖然不完美，總比任意獨斷要好。……但如果司法知道自身有其缺陷，難道不能表現得更謹慎，在判決周圍保留足夠的餘地，以挽救可能的誤失嗎？

《思索斷頭台》／卡繆

法院審理期間，被告曾要求給她「最嚴厲的懲罰」，已清楚表露接受死刑的意願。但當高等法院開庭時問被告「希不希望死刑判決？」被告卻說：「我沒辦法回答。」「蛇蠍女」說詞反覆，令人難以捉摸。

司法記者／台北報導

此際若法院在無法理解犯罪原因的狀況下判處死刑，將形同「在無知的黑暗中做出司法祭祀」。

被告辯護律師／上訴理由狀

社會氣氛躁動不安，人與人信任薄弱，需要可供辨識的對象，讓大家投擲怒氣，「蛇蠍女」受到應得的懲罰，有助改善我們缺乏信任的社會氣氛。

專欄作家

如果判死，如果又盡快執行，將會是多年來第一位在刑場伏誅的女性。

司法記者／台北報導

（完）

跋

黑色的淡水河

——讀平路《黑水》

陳芳明

平路擅長寫新聞小說，往往在尋常的報導中，可以讀出豐富的訊息。她的新作《黑水》，再次展現她擅長的後設技巧，把轟動社會的媽媽嘴咖啡店的兇殺案，演繹鋪陳出來。小說不盡然都是在寫新聞事件，那只是故事的一個酵母而已。平路所要顯現的是，許多看不見的情慾流動與權力干涉，總是以糾纏形式在人們的內心渲染暈開。以「黑水」來命名，似乎隱藏了多重的歧異性，既是隱喻咖啡，也在影射污染的河水，更是象徵新聞報導像髒水那樣，潑向無辜的一般大眾。這是平路最拿手的絕活，往往在平面的文字紀錄裡，嗅出特殊的氣味，從而化爲相當迷人的故事情節。

從一九九〇年代出版《行道天涯》之後，她就展現了歷史閱讀的技巧。過去所有的歷史或新聞，往往出自男性的手。只要成爲歷史紀錄或新聞報導，男性的世界觀與價値觀便決定了讀者的看法。或者精準一點來說，這個世界從來都是由男性來定義，而且也是由男性的道德標準來裁判。平路的小說，等於翻轉了我們對世界的看法，她藉由說故事的方法，重新解釋一成不變的觀念。也許她不是在建立女性史觀，而是在示範如何換一個角度，讓我們更接近事件或事實的本質。

她擅長對一個故事做多角經營，橫看成山側成嶺，容許讀者營造較爲完整的判斷。所以她所寫的小說故事，往往都是抱持開放的態度。任何一個事件的發生，沒有必然的因素，她比較偏向偶然的客觀條件。就像她在《婆娑之島》所嘗試的那樣，把兩個故事並置在一起，一是荷蘭總督的下場，一是華府情報員的結局，前者屬於歷史，後者屬於當代，卻都指向台灣命運的不確定。這是平路的小說企圖，讓故事的多層結構呈現在讀者面前。

生命的過程，有太多的偶然與必然。偶然，意味著從未預期，卻驟然發生。必然，是已經知道即將發生，卻無法躲避。這樣的事實，我們稱之爲緣分。平路構思小說時，常常循著這雙軌式的途徑，以迂迴曲折的方式建構她的故事。這個新聞事件其實很簡單，只是涉及到一對年老夫妻與一位年輕女性之間的牽扯。如果那位八十歲的老人未曾出現在咖啡室，整個故事也許就從未發生。而如果那位老人沒有任何情慾念頭，就沒有後來故事的發展。如果老人只是到店裡喝咖啡，完全沒有露出私人的金錢，也不會讓年輕女性動了私心。垂暮之際的男人，總是對過去青春時期有太多的眷戀。只要觸動隱藏許久的慾望，那彷彿是引爆了地雷，終於一發不可收拾。《黑水》的故事是從結局展開，老人的妻子已經被刺殺、躺在水裡，而命案主角則已身陷囹圄。

瀕臨死亡邊緣的妻子，是老人的第二次婚姻。在學校任教的妻，擁有龐大價值的珠寶，那是在夫妻情愛之外最重要的依恃。問題就出在老人對青春肉體有著強烈的渴望，一方面藉妻子的財富來引誘年輕女性，一方面又是一個無能爲力的衰老男人。私心與慾望淹沒了這位男人的生命最後階段，妻子被欺騙，年輕女性被誘惑，似乎他的詭計即將得逞。女性被騙失身，反而刺激了埋藏已久的貪婪，如果不滅口，她的未婚夫即將發現祕密的內情。無法抗拒金錢誘惑的女性，終於把自己逼到絕境，從而導致殺人滅口。

平路偏愛耽溺於敘述的延宕效果，藉由兩位女性的內心思考，烘托出那位不良老年的工於心計。整個故事重心都放在已經被推入水裡的老妻，一息尚存時回顧自己的後半生，而殺人兇手的女性，在鐵窗後也展開整個思慮過程的回顧。兩個女性記憶交錯的地方，相當準確點出老男人裡外通吃的眞相。小說進行的速度相當緩慢，無非是爲了呈現失敗者的命運。在權力與慾望的逼迫下，從來沒有人是贏家。在每個章節後面，不時附加新聞報導的文字，或旁觀者的語言，頗有話本小說點評的意味。無論是旁觀者的說三道四，或是事件主角的內心語言，似乎都堅持自己的觀點與立場是正確的。

平路二十餘年來的小說敘事，對於已經發生的歷史或新聞，從來都不是進行顚覆，而是投入所謂事實的重建。小說家常常站在一個制高點，可以觀察並窺探每個人物的內心世界。《黑水》又再一次揭穿男性權力的神話，即使整個社會已經走向開放，男性權力的傲慢與偏見，其實還是屹立不搖。男性的血脈裡所流動的，不是鮮血，而是黑水，而且是淤泥囤積的河流。老男人走到生命終點時，對於金錢、權力、青春肉體，仍然執迷不悟。他讓自己送上性命，仍然還是要兩個女人來陪葬。平路筆下所展現的批判，到今天還是如此強悍而有力。

二〇一五年十一月九日　政大台文所

（本文作者爲政治大學台灣文學研究所講座教授）

《黑水》問與答

聯經出版編輯部
Readmoo電子書／群星文化　聯合訪問整理

問：這部小說是你寫作歷程中很特別的一個類別，請問是什麼因素讓你想從一個社會事件發展成為一部小說？

答：睿智的讀者早已看出，淡水河邊那件聳動的咖啡店命案是這本小說靈感的起始點。不諱言地說，寫出《黑水》與那件命案有著關連。

我簡單說一下心境好了。自從那聳動案件發生，至今三年來，媒體提到被告，用的常是「蛇蠍女」。以「蛇蠍女」概括地標籤一個人，坦白說，我很不能夠接受。

司法過程也令人不安。一年多前（二〇一四年九月），被告二審判死。審理前，法官送被告一本《與絕望奮鬥》的書，要她讀後好好悔罪。看似一件小事，違反的卻是司法基柱的「無罪推定原則」。奇怪的是，司法界一律噤聲，竟沒有人提出專業倫理的疑問。

開庭時，庭上的對話尤其荒謬。法官威懾話語譬如：「妳說想盡快給被害家屬公道，爲何還上訴？」某些時候，法官又在庭上變身八卦記者，問一堆「爲什麼你朋友都不來看開庭？」「這裡沒有媒體，（探監時）你男朋友都跟你說什麼？」

判決書更是武斷，見財起意、殺人奪財，又說被告在案發後「絲毫不覺愧疚，更無任何懺悔之意。」錯綜如迷宮的內心世界，有沒有悔意等等，外人眞的輕易知曉？

判決書對於心理學的範疇也同樣獨斷，斬釘截鐵寫著：「本院認爲深度心理治療並不包括可能可以防止被告『再犯風險』之命題。」

當時我感觸極深。人心是遍佈暗礁的水域，這樣一紙判決書，甚至作爲死刑依據，對眞相拼圖毫無助益。

當然，殺人的被告並不無辜。她殺了兩人、她確實犯下重大的罪。我好奇的是，爲了什麼？罪行有沒有其他原因？其他理由？

小說，對寫作者而言，是解惑的一個方法！D. M. Thomas的《白色旅店》寫的那句：「人類的靈魂是個遠方的國度，遙不可及，想要成功抵達，先要在峭壁之間闢出良港。」我始終服膺在心。人心是遙遠的國度，試圖抵達，必須一斧一斧的敲，敲在堅硬的岩石上。一斧一斧，在「峭壁間闢出良港」。而小說，一斧一斧，只是眞相的開始。

問：寫作本書，最大的困難為何？

答：我坦承，這本書對我是高難度的挑戰。

過程中數度難以繼續，心裡常思索的是，她不能夠停下來麼？佳珍眞的必須走下去？

人心隱晦而難明，像是一團亂線，耐心抽取，才約略找到它的線頭。包括小說作者在內，難以回到時間的原點，重構犯罪事實。

對著未完成的書稿我也曾想要放棄，就好像一本書中說的，「如果你試著去了解一個破碎的人，你會跟那個人的人生一樣破碎。」怎麼樣盡量公平，處理兩個角色的心境；怎麼樣分出層次，呈現故事的片段。許多時候，彷彿正在走鋼索。

另一層次的困難在於，這故事不是奇案或懸案，沒有意想不到的情節，甚至在開始已經知道結局，怎麼樣在結局既定的情況下，讓讀者興味地翻頁，一點點進入角色的內心世界？

以上說的是寫作過程，最困難的還是，說服讀者除了進入情境，也願意進入一場思辨。包括每章後面的紛紜的聲音，羅列的是可供思辨的素材。

難處在女主人翁並不無辜。她殺了人、她確實犯下罪。有可能被冤枉的人我們願意爲他（她）辯護，包括之前的蘇建和案，三人全然無辜，人們的關注或同情比較容易找到理由。

這本小說的女主人翁顯然不是。黑是黑、白是白，這個黑白分明的社會裡，她的位置清楚，她落在暗黑世界裡。

可不可能說服讀者，多聽她一點；邀請讀者與我一起，聽聽她怎麼樣把自己鎖進打不開的心牢，一步步走向不可逆的結局。

問：小說當然是虛構，但是在這部小說中，你如何調節真實與虛構？

答：參照了某些眞實案件的元素，場景與情節有相似之處。人物的背景與內心世界卻純屬虛構。這是一本小說。請外界不用對號入座，包括洪太在內，都是作者一手捏製出來的人物。

問：目前所見的台灣小說，對於中年女性處境著墨的作品不多，但這部小說

有一個很特別的地方，就是對中年洪太的深度描寫。你原本擅長寫女性，既有的女性書寫作品如《行道天涯》、《百齡箋》、《何日君再來》既是書寫大歷史，也是替歷史上的女性人物寫出另一種心聲。這回藉虛構的洪太，你試圖表達什麼樣的思索？

答：引哲學家康德的意思，人性是「曲材」，無論是公認的偉人、名人或者傳奇人物，迫近去看，人性中總有晦澀與陰暗的角落，因此也「找不到絕對的眞理」。我們或許因爲儒家傳統，寧可怨嘆著禮崩樂壞，卻不願意認知到眞實的人性本來如此。我們歷史上的偉人，看起來總有點失眞，因爲「移除」了他們與一般人相通的人性。

《黑水》之前寫的書，我描繪過一些近代史人物，總希望把人性的部分，包括內心世界的幽微處，也包括與你我相通的慾望與感情，重新還原回來。她爲什麼會下手？她怎麼可以這樣殘忍？《黑水》在解謎當中，延續著這樣的思維。

一個案件中簡單界定「善」「惡」二元，其中沒有灰色地帶。善人就是百般純眞、惡人就是生性邪惡。人世間的事，豈是那麼易於明瞭？無論她叫做宋美齡、叫做鄧麗君，或者是案件中平凡的被害人，或者是那位下手的加害者，如得其情，都有令人嘆息、令人哀矜的地方。透過這些眞實的人性面，鏡子一樣，我們照出了不完美的自己。在我心裡，這是小說的眞義。

《黑水》中的洪太，應該說，她像我心裡某些女性典型，這樣的女人爲數不少，一方面聰敏、犀利、頑強，對婚姻難掩失望；一方面她也因循、無奈、甚至對丈夫迷途知返存著不切實的希望。我欣賞她的是，她始終有份自知，意識到自己的處境，也做出處境下的取捨，即使到最後時刻，漂在水中回顧一生，對開始就一路錯下去的婚姻，自嘲中不失清明。

有人會認爲，被欺瞞的妻子成爲被害人，既是最値得憐惜的角色，洪太應該被塑造得更柔弱更無辜更充滿美德，她純粹是被第三者害到的女人。

然而，爲什麼弱勢與被動才被認知是美德？如果對自己怎麼被牽連進去眞一無所感，這樣的無辜（或者是無知），就叫做美德？

這些年來眼見到，許多女性花許多心力處理婚姻問題。無論她怎麼想要妥協或配合，婚姻始終是一個難題！許多時候，女性是在婚姻關係中努力拉出一個距離，才保有本身的完整，至少，不要損及內心最柔軟的地方。

問：佳珍是許多台灣年輕女性的真實縮影，從鄉村到都市打拚，沒有背景，沒有奧援，以低薪度日，受到現實的逼迫，金錢的壓力、物質的引誘，渴望獨立、創業，進而出現失控行為。某種程度來說，是不是可以解讀為目前台灣社會縮影？

答：出書前，我給朋友看稿件，朋友建議的書名是「少女J」，後來還是用了「黑水」。但我心裡，時時想起這位朋友電子信上寫著的話，我摘錄一段：

「她原可以是Jane、Jade、Jennifer, whatever

但她卻成了這個佳珍，沒有回頭路的佳珍
她是我們身邊的少女
她是Jane、Jade、Jennifer, whatever

這樣想是視這部小說，是文學，但也是一個case（案例）、一個file（檔案）
放在更大的社會面去研究討論解析探尋因應，
希望她牢靠地占著一個重要的位置，
因爲寫出了這個時代看似特例，但潛在任何角落的缺愛的少女。」

我喜歡朋友的說法。

佳珍住在都市外圍，她的廉租屋是頂樓加蓋，遙望到河對岸豪宅的環狀大陽台；站在洪太衣櫥前，或走在台北東區名店街，她感覺到陌生，她也試圖想像，但她其實無從想像那些有錢人的日子。有一道跨不過去的鴻溝，她努力想要跨過，不小心釀成大錯，……是的，我不否認自己同情佳珍，她身上有社會底層某些女性的縮影。

問：糾結的必然是女性的內心嗎？男性在婚姻中的糾結是否也值得一探？

答：妻子心裡有壓抑，丈夫何嘗不然。夫妻間至親又至疏的微妙關係，或許它太過複雜，我們的文學作品少去觸及。

譬如書中的洪伯，遇到佳珍竟燃起無法撲滅的熱情。熱情很難揭露在陽光下，因爲會被視爲不正當的敗德行徑。然而，誰又理解洪伯在婚姻裡蓄積了多少不滿？他多麼費力去壓制身體裡那頭小獸？

另一個藏在每家壁櫥裡的祕密：夫妻間性的慾求，可能是不對稱的慾求，在夫妻多年之後，怎麼平息？怎麼緩解？

我們傳統裡是把婚姻歸入倫理關係。有了夫妻之倫，就解決了所有問題。眞的嗎？

簡單說，抽掉「性」的元素，我身爲作者，絕不相信小說中的犯案條件能夠成立。唯有「性」的原慾夾纏在其中，讓人躊躇、讓人迷惑、讓人自我嫌惡，同時也讓人勇敢、讓人強烈地想要重新開始，想找機會過更理想的生活。

問：你怎麼看小說中的洪伯？有沒有普遍性？洪伯也代表某種中老年男子的典型？

答：身爲作者，對書中每個角色自然都付出同情。某個角度看，洪伯是所謂心機深沉，用了手段讓佳珍就範。問題是，對這樣年紀的男性，循正常管道，他無法表達心裡沒熄滅的激情；周遭社會有一種約束力，他甚至無法對自己說清楚，他不知道該怎麼承認或面對……心裡不該有的，或該稱「邪念」。

我們的文化傳統，常是未經同意，硬把有年紀的男性統統擺進倫理結構！這點與西方不同。舉一個例子，路上不認識的也稱「北北」、「爺爺」，一旦這麼稱呼，位階高了一層，如同家中長輩。長輩若是逾越分寸，就是猥褻的事，牽涉到亂「倫」禁忌。

這讓洪伯一類生機勃旺的中老年男士難以自處。除非他在很高的社經地位，有豐厚的財富資源，有人替他打點各種眉角。否則，他必須心機深沉，才能夠得其所欲，感覺到青春的滋潤。

我們的文化看似敬老尊賢，其實充滿年齡歧視，包括把長輩放入倫理的虛位，從此對他的眞實需要不理不睬。從這個角度看，洪伯當然有他難言的委屈。

書中有一處提到，西門町的老咖啡館，老位子上坐著的老「北北」們，可有人關心他們想些什麼？

問：本書在形式與手法上是否有新的追求？定稿與原始構想差距大嗎？

答：小說一改再改，定稿與原始構想有很大的差異，曾經用幾個不同的方法講述故事，最後選的是這本書裡的形式。對我，自認是最適合的形式，動盪與浮沉間做出對照，在一條不透光的黑河中，折射出主人翁們的心靈水紋。這本《黑水》，對我可以說是一場實驗。實驗性尤在於文學作品與社會現實的距離。

與歐美或日本比較起來，我們的小說作者對爭議性的社會議題，習慣站在安全距離之外。日本包括推理小說在內，早有「社會派」的傳統；而歐美也是，轟動的案件之後總會有小說出現。

早在一九六六年，楚門．卡波提根據一九五九發生在美國堪薩斯州一起兇殺案寫下《冷血》；一九九六年，小說家瑪格麗特．愛特伍根據加拿大十九世紀一件轟動案子，寫下《雙面葛蕾斯》。

葛蕾斯是當時眞實的案例。名叫葛蕾斯的年輕女僕夥同男僕殺了雇主，也一併殺死雇主懷孕的情婦。到底是不是葛蕾斯做的？她自己動手？或者她只是幕後策劃人？還有，葛蕾斯與雇主存在不爲人知的曖昧嗎？葛蕾斯妒恨著雇主那位有孕的情婦嗎？眞相到底怎麼樣？

即使表面上證據確鑿，眞相卻很難尋獲。小說作者在意的只是，人們戴著看事情的濾光眼鏡，怎麼除去？

小說這個形式，眞實與虛構交織，更有可能呈現出濾光眼鏡如何遮蔽了眞相。譬如小說中的佳珍，她跟自己說的話可信麼？她告訴律師的話可信麼？她在法庭上說的話可信麼？即使她百分百的誠實，只屬這個人的片面記憶與片面眞實，仍然不是全部的眞相。讀者必須自己判斷，當時，在必然與偶然因素下……發生了什麼事。

問：本書寫作的過程中最大的壓力是什麼？打開潘朵拉的盒子，你準備怎麼面對？

答：可以預料，出這本書，會面臨極大的社會壓力。

一件眾所矚目的凶案，媒體操弄之下，眞相看法的差異，總被操弄成被告（「壞人」一方）與被害人家屬（「好人」一方）的對立！被告怎麼判刑，有沒有被判死刑，與眞相無關，成爲一場你贏了／我就輸了的零合遊戲。更何況我們的文化對於人性課題、隱匿的動機等一向缺乏追索的興趣，探討「壞人」的動機等於是浪費時間。殺人本應該償命，最好早早槍決示眾，以儆效尤，或說，增益「好人」這個壁壘裡的安全感。

這樣的社會氣氛下，《黑水》雖是一本小說，依然可能被誤認爲替「壞人」說話；或者更被認爲，死者爲大，而任何討論都是說三道四，是造成不必要的傷害。

我只想說，小說是多提供一種理解的角度，在觸及人性的問題上，留一些灰色地帶，就多一些出口。

問：書寫完了，還有什麼想說的話？

答：特別謝謝聯經出版公司的發行人載爵兄、總編輯金倫，以及逸華與諭賜，金倫包容我的諸多龜毛之處。載爵兄親自參與討論，尤其令我感動。

還要感謝出版電子書的Readmoo電子書／群星文化，文眞與蕙慧，給我極其專業的意見，同時又是無條件的溫暖支持。憶慈、清瑞、逸文、韋達以及爲電子書設計封面的王薇，與你們一起工作，帶給我美好時光，替這書加添了快樂的回憶。

感謝百忙之中願意替這本書做序與跋的邱貴芬與陳芳明兩位教授，序與跋拓展我的視角、啓發我的想像。

還要感謝我的朋友劉進興、邱麗玲、顧立雄，他們都看過我的初稿，指出其中可以改進的地方。

感激我親愛的家人蛋黃、Lalo與妞妞，還有一些不方便具名的朋友默默的協助，在這裡一併致意。

當代名家・平路作品集2

黑水

2015年12月初版 定價：新臺幣290元

著者	平路
發行人	林載爵
叢書主編	胡金倫
叢書編輯	陳逸華
封面設計	兒日
校對	吳美滿
	施亞蒨

出版者	聯經出版事業股份有限公司
地址	台北市基隆路一段180號4樓
編輯部地址	台北市基隆路一段180號4樓
叢書主編電話	(02)87876242轉203
台北聯經書房	台北市新生南路三段94號
電話	(02)23620308
台中分公司	台中市北區崇德路一段198號
暨門市電話	(04)22312023
台中電子信箱	e-mail：linking2@ms42.hinet.net
郵政劃撥帳戶第0100559-3號	
郵撥電話	(02)23620308
印刷者	世和印製企業有限公司
總經銷	聯合發行股份有限公司
發行所	新北市新店區寶橋路235巷6弄6號2樓
電話	(02)29178022

行政院新聞局出版事業登記證局版臺業字第0130號

本書如有缺頁，破損，倒裝請寄回台北聯經書房更換。 ISBN 978-957-08-4656-0 (平裝)
聯經網址：www.linkingbooks.com.tw
電子信箱：linking@udngroup.com

國家圖書館出版品預行編目資料

黑水/平路著．初版．臺北市．聯經．2015年
12月（民104年）．256面．14.8×21公分．
（當代名家·平路作品集：2）

ISBN 978-957-08-4656-0（平裝）

857.7 104025499

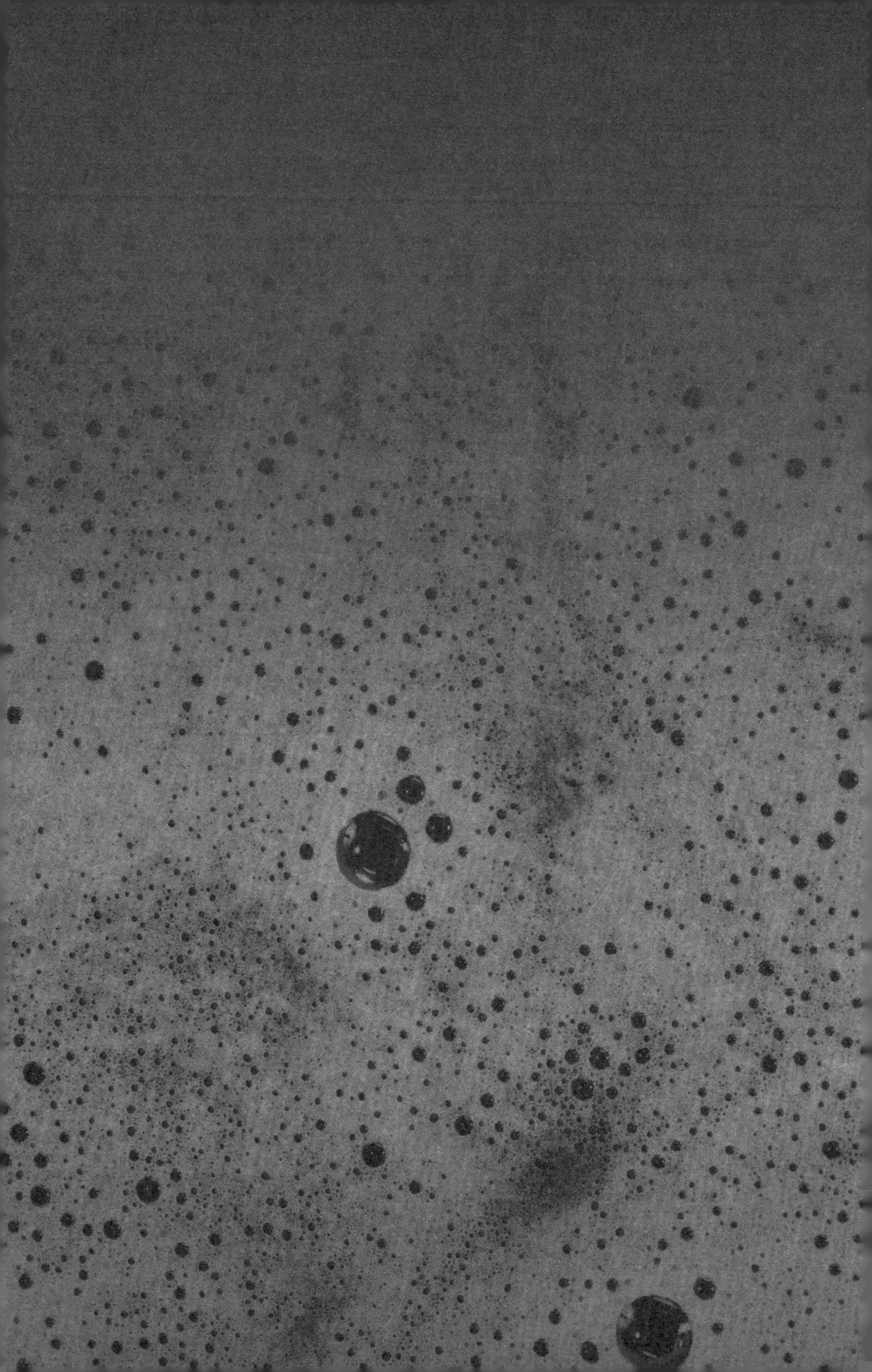

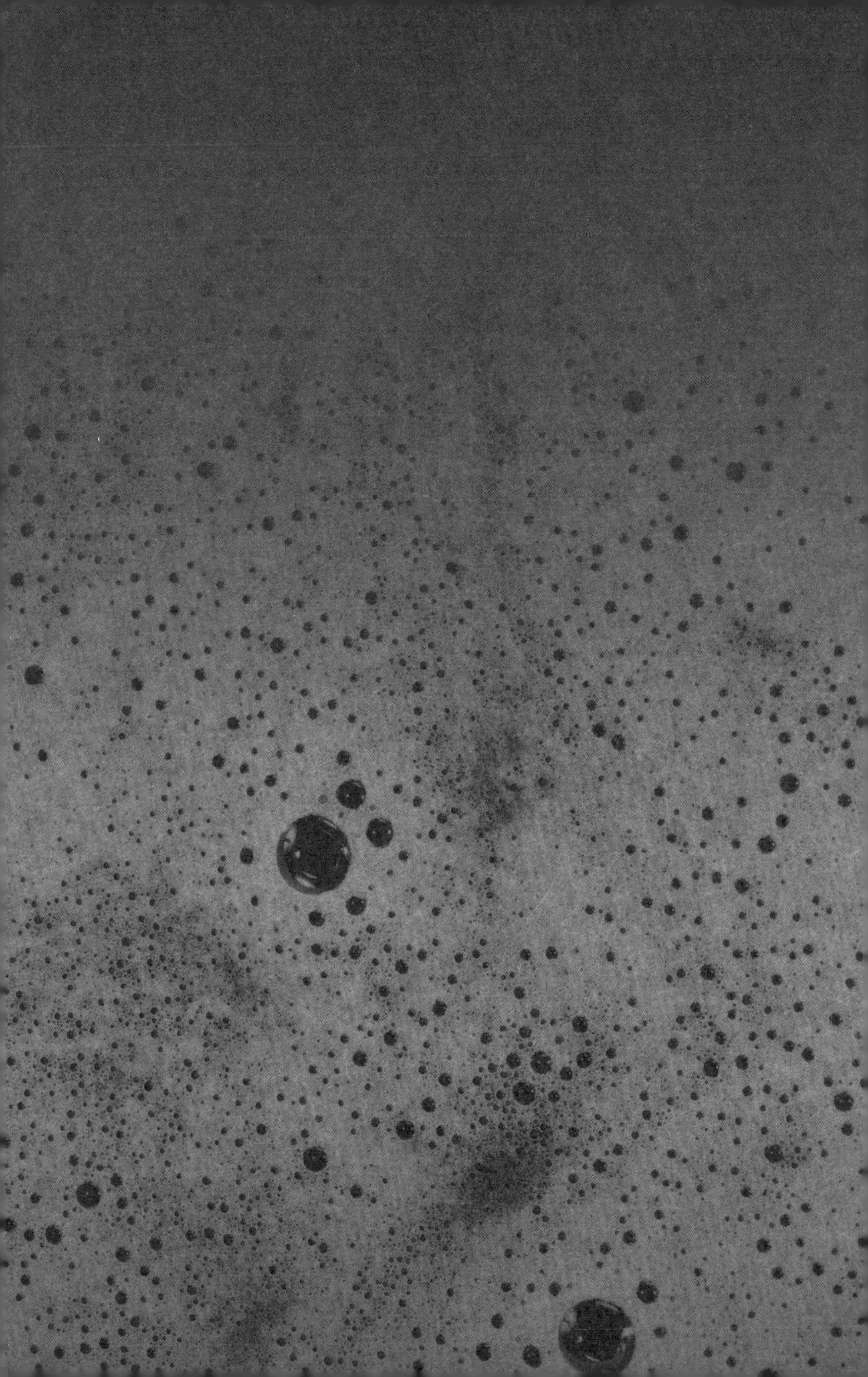

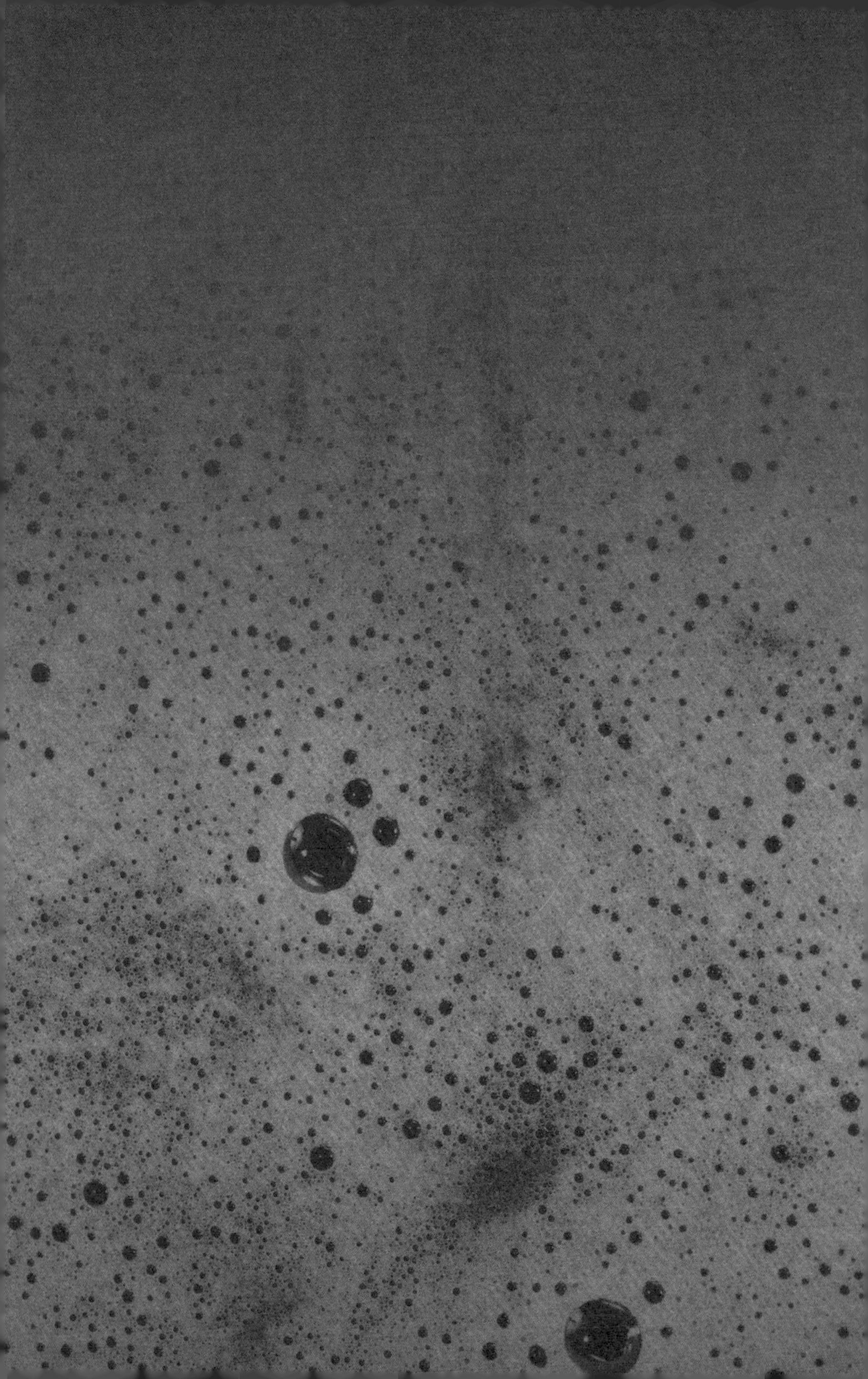